講談社文庫

小説

ちはやふる　上の句

有沢ゆう希｜原作　末次由紀

JN210684

講談社

小説

ちはやふる

上の句

ちはやぶる　神代《かみよ》も聞かず　竜田川《たつたがわ》　からくれなゐに　水くくるとは

恋多き美男子、歌人在原業平《ありわらのなりひら》が二条《にじょう》の后《きさき》に捧《ささ》げた狂おしい愛の歌。

——燃える想《おも》いが、激しく流れる水を真っ赤に染め上げてしまうほど、今でもあなたをお慕いしています。

あいつ、何組だ。

真島太一《ましまたいち》は、人でごった返した廊下を見まわした。

廊下にあふれているのは、そのほとんどが太一と同じ新入生か、部活勧誘に熱心な先輩たち。

これだけたくさん人がいる中でも、太一はひと際目立っていた。長身にくわえて、すっと通った鼻筋、切れ長の形のよい目に、ラクダのような長い睫毛《まつげ》。柔らかい表情がどこか人懐っこいイケメンだ。

女子生徒の視線を浴びているのにも気づかず、太一はきょろきょろと辺りを見回した。

あいつが瑞沢《みずさわ》高校にいることは、間違いない。目立つやつだから、すぐに見つかるだろうけど……。

「真島っ」

「太一ーっ」

サッカーボールが飛んできたと思ったら、誰かが太一の足元にスライディングした。

「おう」

軽く返事をして、キャッチしたサッカーボールを蹴り返す。

太一にボールを投げたのは山口《やまぐち》、スライディングしてきたのは石川《いしかわ》。どちらもクラスメイトだ。

「真島、高校でもサッカーやんの？」

「まあな。お前は？」

「俺《おれ》？　当然かるた部だよ」

山口が、さも当たり前と言わんばかりの顔で答える。

「かるた部？　嘘《うそ》でしょ」

冗談だと思って軽く言うと、「ホントだよ」とこれまた軽い返事が返ってきた。

「うちのクラスの男、みんなかるた部志望だよ」

「ああ。もちろん俺もな」

と、石川が同調する。

「なんで？」

首を傾《かし》げた太一に、石川は手に持っていた漫画雑誌を見せた。

表紙で微笑《ほほえ》む美人モデルを、ぱんぱんと手で叩《たた》く。

「この綾瀬千歳《あやせちとせ》の妹がこの学校に入って、新しくかるた部作るって！」


綾瀬千歳といえば、最近ちょくちょくテレビで見かける、スタイル抜群の人気モデルだ。その妹なら、さぞかし美人だろう。その子が新しい部を作るらしい。しかも、かるた部とかいう、地味でライバルの少なそうな部ときた。

こりゃあ俺にもワンチャンあるんじゃねえか……と、淡い期待を抱いた男子生徒たちが殺到し、かるた部の説明会は大盛況となっていた。

群れをなしてやってきた男子生徒たちを二列に並べ、噂《うわさ》のかるたガールは畳に正座して、「競技かるた」なるものの説明を始めた。

「百人一首《ひゃくにんいっしゅ》にはね、上《かみ》の句と下《しも》の句がある札があるの。まず下の句が書いてある札を自分の前に並べて」

なめらかな手つきで、真っ白な膝の先に、順番に手札を並べていく。

長い黒髪に大きな黒い瞳。きりっとした眉に、すっと通った鼻筋。モデルの姉顔負けの、美貌《びぼう》の女子生徒だ。

「読手《どくしゅ》の人が上の句を読み上げたら、それに合う下の句の札をとる。ただそれだけ。簡単でしょ？」

「うん！　うん！」

にっこり微笑みかけられ、だらしなく顔をニヤけさせた男子たちが一斉にうなずく。

「じゃ、やってみよっか」

嬉《うれ》しそうに、かるたガールは、スマホを手に取った。

画面を何度かタップして、スマホをかるたの箱の上に置く。

しばらくすると、「なにわづにー」と、札を読む渋い音声が聞こえてきた。札を自動で読んでくれるアプリまであるのかと、男子たちは顔を見合わせる。

「なにわづに　さくやこのはな　ふゆごもり　いまをはるべと　さくやこのはな

──」

スマホから歌を読む音声が響く。かるたガールは正座したまま前傾姿勢になって、黒髪を耳にかけた。

「いまをはるべと　さくやこのはな──……」

長く伸ばした語尾の余韻《よいん》が消えて、次の歌が読まれる。

「よのなかよ──」

「でりゃぁっ！！！」

おたけびをあげながら、かるたガールは勢いよく札を払った。

並べられていた札がパーッと宙を舞い、前列に座る男子たちを直撃する。

「うわっ」

狙いの札は、手裏剣《しゆりけん》のごとく吹っ飛び、右端の男子生徒の頬をあやうくかすめて、教室の隅に置かれていたダルマに刺さった。

まじで、刺さった。

かるたが、ダルマに。

「やば……」

男子生徒たちが、かすれ声で口ぐちにつぶやいた後、すぐに場は静まり返った。

*

「行きたくねえってばー」

クラスメイトの石川と山口に両腕をつかまれ、太一はかるた部の見学へ連行されそうになっていた。

「まぁまぁ、いいから」

「太一もかるたやろうぜ」

石川も山口も強引だ。でも太一は、かるた部に顔を出すのはいやだった。かるた部を作りたがる女子なんて一人しかいない。絶対あいつだ。いま会ったら、勧誘されるに決まってる――。

中庭も廊下と同じように、新入生の勧誘を行う部員たちでいっぱいだった。部活への入部が必須の瑞沢高校において、この時期を逃すと新人獲得のチャンスはほぼなくなる。だからどの部も、派手なパフォーマンスをしたりビラを配ったりと、勧誘活動に必死だ。花壇の縁石に腰かけてギターを弾いているのは軽音部。ベンチを舞台に見立てて即興劇を披露しているのは演劇部だ。

突然、離れの校舎の方から、野太い悲鳴が聞こえたかと思うと、踊るダンス部員のうしろから、男子数人が猛ダッシュで飛び出してきた。みな一様に青ざめて、悲鳴を上げながら。

「おい、どうした!?」

石川が男子生徒の一人に声をかけるが、

「ムリ、ぜんぜんムリーッ！」

とわめきながら走り去ってしまった。よほど怖い目にあったのだろう。

「待ってー！」

逃げる男子たちを追って、校舎から飛び出してきた女子生徒は――案の定。太一は小さくため息をついた。

長い黒髪を振り乱して、全力疾走している。

やばい、こっちに来る。今、あいつに会うのは、いやだな。

太一は顔をそむけ、人ごみの中にまぎれた。ちょうどやってきたテニス部のラン

ニング集団の陰に身を隠す。そのすぐ隣を、

「次は四対一でもいいから——っ！」

絶叫しながら、あいつが駆け抜けていった。

「やっべ、妹も超かわいい！」

「最高じゃん」

「おい、真島見たか……あれ？」

太一はテニス部員の後ろに付いて、その場から姿を消していた。


「みずさわーファイ、オー、ファイ、オー、ファイ、オー！」

少し走ったところで、太一はようやく一息ついた。なんとかあいつと顔を合わさずにすんでよかった。

一瞬見えた、髪を振り乱して男子を追いかける姿を思い出し、自然と笑いがこみあげてくる。

全然変わってないな、あいつ。

「あ！　お前！」

ふいに、声をかけられた。

声の方を向くと、小柄でぽっちゃりした男子生徒が首筋の汗をぬぐっている。

赤いハチマキに、テニスラケット。テニス部のランニング集団から遅れてしまったのだろうか。

すると、ぽっちゃり野郎は意外と素早く太一のもとに走り寄って、しげしげと太一を見つめる。

「えーっと、確か……白波《しらなみ》かるた会《かい》の、真島太一！　だろ!?」

太一は、目をしばたたいた。

俺が、かるたやってたこと、知ってる？

太一が白波かるた会に顔を出していたのは、小学生のころの話だ。とすると、こいつは、そのころの知り合いだろうか。

「えーっと……」

太一は、目の前の男子を改めてじっと眺めた。

「すんげー久しぶりじゃん！　何年ぶりだ、おい」

満面の笑みで喜んでくれているのに悪いが、太一の方は全く記憶になかった。かるた会に、こんな奴、いたっけか。

「久しぶりだね」

覚えてないとバカ正直に告げるのも失礼なので、控えめに相づちを打っておく。

「まさかお前もテニス部に？」

「そうじゃなくて……」

「いいのいいの！　分かってるって！」

ぽっちゃり野郎は嬉しそうに言うと、背伸びをして、長身の太一と無理やり肩を組んだ。

「高校生にもなって、かるたはねーよな。うん」

「そうですね……」

「どうせ入んなら、モテ部に入んないと！　ほら、行かねーのか？　体験入部」

そう言うとぽっちゃり野郎は、ジャンプしながら、ラケットをぶんぶん振り回し始めた。

「一緒に打とうぜ、エアK！　俺、ファイト！」

は？

きょとんとする太一を置いて、ぽっちゃり野郎は雄叫《おたけ》びをあげながら走り去ってしまった。

なんというか、熱意があふれている奴だ。無駄に。

元気なのは結構だが、それにしても、

「……誰？」

小さくなっていく丸っこい背中を見つめながら、太一はぽつりとつぶやいた。


翌日。太一は放課後の屋上で、二人の女子生徒と向き合っていた。

いきなり告《こく》られた。

「……会ったばっかで、そういうのはちょっと」

太一がそう告げたとたん、片方の女子生徒の目に、みるみる涙がたまっていく。

あーあ、やっちゃった。

放課後、見知らぬ女子に呼び出された。のこのこ屋上まで付いて行ったら告白されて、正直に断ったらこのありさまだ。

付いてくるんじゃなかった。このパターン、中学の時にもよくあったのだ。駅で知らない女子に話しかけられて、いつも見てました、とか言われて。話したこともない相手に好きですって言われても……嬉しいは嬉しいけど、うーん。

女子生徒の目から、大粒の涙がこぼれた。嗚咽《おえつ》を漏らしながら、走り去っていく。

「沙紀《さき》！」

付き添いの友達が、心配そうに後を追う。

その子は屋上を出ていく間際、太一の方を振り返り、吐き捨てるように叫んだ。

「金持ちで、すんげー頭良くって、スポーツ万能でその上イケメンだからって……調子こいてんじゃねーぞ！」

「……ん？」

むしろ今、俺、褒《ほ》められてる？

その瞬間、屋上の扉がバンとしめられた。

「あっ！」

　思わず、ひしゃげた声が出る。

　実はこのドア、屋上側にはドアノブがないのだ。校舎の内側からしか、あけられない。

「マジか……」

　ドアに駆け寄ったがやっぱりノブはなかった。太一は絶句した。

　閉じこめられた！

　誰か呼んで、助けてもらわないと。

　屋上の手すりから身を乗り出して、辺りを見まわす。

「あ！」

　向かいの校舎の窓から、階段を駆け下りるあいつの姿が見えた。あの、赤いハチマキの、ぽっちゃりした、まんじゅうみたいな顔の。一人で、ぶんぶんラケットを振り回している。どうせまた『エアK！』とか謎に必殺技を叫びながら。

「おい！　おーい！」

　太一は大きく手を振りながら、呼びかけた。

「あいつの名前、分かんねえ……おーい！　エア、エアK！」

ぽっちゃり野郎は素振りに夢中で気づかない。

それどころか、狭い階段でラケットをぶんまわしていたのを、通りがかった教員に注意され、連れて行かれそうになっていた。

「K！　せんせーえ!!」

太一は必死に声を張り上げるが、二人は全然気づかない。ぽっちゃり野郎が先生の隙をついて逃げ出し、すかさず階段を駆け下りていく。先生も逃がすまいと、猛スピードで追いかけ、二人ともどこかへ行ってしまった。

「おーい、誰かぁ！　おーい……」

太一は屋上から声を張り上げたが、気づいてくれる人はいない。

「だめか……」

太一はあきらめて、柵にもたれた。

気長に待ってれば、いつか誰か来るだろう。

広い屋上を見回す。こんなところまで風にのってきた桜の花びらが、あちこちに散っていた。踏まれて黒ずんで、すっかり汚くなっている。まぁ、こんなもんだよな。咲いてる間はきれいだけど、散っちゃったら、残念なだけ。

太一は、その場に座り込んだ。
あー、空が青い。
と、その時。
バタン！
すごい勢いでドアが開いて、一人の女子生徒が飛び出してきた。
風圧で、ドアの溝にたまっていた桜の花びらが、ぶわあっと巻きあがる。
きれいだった。花吹雪《ふぶき》も、女子生徒も。
彼女が太一を見た。真正面からばちんと目が合う。
——綾瀬千早《ちはや》。
あいつだ。
「……太一？」
太一の顔をまじまじと見て、千早がつぶやいた。
ドキッとするような、まっすぐなまなざしは、昔と変わっていない。
「おう」
太一が短く返事をすると、千早の目がまん丸になった。

「太一だ!」

「小学校以来……」

「うわ——!」

両手を広げた千早が、飛びついてくる。

「太一! うわ——っ、太一!!」

飛びあがった千早は、太一の両肩をパタパタと叩いて、嬉しそうな悲鳴を上げた。

と、同時に。

——パッタン。

せっかく開いた屋上のドアが、再び音を立てて閉まった。

「「ええっ?」」

「助けてくださーい!」

千早が、手すりから身を乗り出して、校庭に向かって大声で叫んでいる。

「助けてくださーい！　誰か誰か誰か誰か！　助けて！　あ、ねえねえ君君君、その女の子女の子、制服着てる、あ、そこの制服着てる子！　おーい、おーい！　あ――！」

すげえうるさい。

千早が身を乗り出すたび、スカートがひらひら揺れて、下着が見えそうになるのだが……まるでセクシーじゃない。けれど太一は目のやり場に困って、なんとなく離れたところに移動した。

そういえば小学生の時も、毎日ズボンばっかりはいてたっけ。スカートは、得意じゃないのかもしれない。

ブレザーの上からでもわかるほど細いウェストに、引き締まった色白の足。宝の持ちぐされもいいところだ。

「千早。お前モテねーだろ」

「は？　それより何でこの学校にいんの？」

千早はしがみついていた手すりから離れ、太一を見た。

「太一の中学校って、中高一貫じゃなかったっけ？」

「片道二時間もかかる所をあと三年も行けっかよ」

太一が言うと、千早がじわじわと笑顔になった。

「……たーいちっ！」

「なんだよ」

「『せをはやみ』、だね」

「せをはやみ？」

太一はドキッとした。

「これは運命というやつだっ」

千早が突き出したのは、一枚のチラシだった。『競技かるた部を一緒に作りましょう！』と、下手な字で書かれている。十二単《じゅうにひとえ》を着た平安貴族の、へたくそなイラストつき。

「ね！」

千早は得意げに、にんまりとする。

「高校入ったらかるた部作るって決めてたんだ。五人そろえば団体戦ができるでしょ。夏の全国大会は、近江神宮《おうみじんぐう》でやるんだよ、か、か、カルタ―にとっての甲子園《こうしえん》！」

やっぱり、千早は高校でもかるたか。

変わらないな。そう思ったら、ふつふつと笑いがこみあげてきた。

「なに？」

突然笑い出した太一の顔を、千早が怪訝《けげん》そうにのぞきこむ。

「ごめん。お前……まだそんな勢いで、かるたかよ」

「当たり前じゃん。新《あらた》と三人で続けるって約束したでしょ」

新。

そんな名前を出されたら、いよいよ笑いが止まらなくなってきた。

お前、まだ忘れてねーのか、新のこと。そんなこと言われたら、俺はもう、爆笑するしかない。

「はっはっ、あはは！」

「何がおかしいの？」

「お前、全然変わってねーな」

そのとき、ドアが開いた。袴《はかま》姿の女子生徒たちが顔を出す。

良かった、良かった。これで校舎の中に戻れる。

太一は、チラシを千早に返した。

「だいたい、お前と同じ温度でかるたやる奴、他にいんのか?」

そう聞くと、千早は、おもちゃをねだる子供のような表情で、太一を指さした。

「俺は、サッカーやるんだ」

そう言い放つと身をひるがえし、校舎の中に入っていく。

「え!?」

背後から、「ウソでしょ!?」と、わめく声が聞こえてきたが、太一は無視して階段を降りていった。

「バァッカー、太一ッッ!!」

追ってきた千早の叫び声が、階段にぐわんぐわん響いた。


「綾瀬さん!　気持ちがほとばしりすぎっ!」

廊下の向こうから、太一の担任の宮内《みやうち》先生の叫び声が聞こえてきた。ははは、と生徒たちの笑い声が続く。

綾瀬千早がまた何かやっているらしい。

気持ちがほとばしりすぎとは、先生も上手《うま》いこと言ったもんだ。確かに、あのぽっちゃり野郎の熱意が「みなぎっている」としたら、千早の気持ちは「ほとばしっている」。昔からそうだった。千早はいつも全力でまっすぐで、自分の熱量を、なかば強引に、周りまで伝染させる。

廊下の角を曲がると、椅子の上に立って掲示板に向かった千早が、きょとんと先生を見下ろしたところだった。

「どこの業者の方ですか!?　ポスターはA４一枚まで!!」

先生の金切り声が飛ぶ。

例のへたくそな手描きポスターが、あちこちに貼られていた。掲示板だけでなく、壁や窓や、なんと床にまで。

千早は、しぶしぶといった様子で脚立《きゃたつ》にまたがり、ポスターの画鋲《がびょう》を抜き始めた。ポスターのストックを小脇にはさみ、腰から提《さ》げたシザーバッグにはテープや画鋲を入れているようだ。気合の入った格好《かっこう》だ。誰かに下着が見えていると指摘されたのか、スカートの下にはジャージのズボンをはいていた。

宮内先生は、千早を見上げている生徒たちをキッとにらみつけた。

「あなたたち、早く教室に戻って！」

はーい、と生徒たちが散り散りになっていく。

先生が行ってしまうのを待ってから、千早の背中に向かって、太一はおもむろに声をかけた。

「……かるたバカ」

「なっ……サッカーカバ！」

よく分からない悪口が返ってきた。

太一は、廊下の窓枠にもたれると、ずっと気になっていたことを千早に聞いた。

「最近、新と連絡とったか？」

「……今年は、年賀状も来なかったの。太一は？」

いや、と、首をふる。

千早が画鋲を抜いたポスターが、たわんで壁からはがれ落ちた。

「新、去年の全国大会も出てなかったって」

「そっか」

「何かあったのかなぁ……」

千早が不安そうに言うので、太一は軽い調子で返した。

「かるたより大事なもん出来たんじゃねーの」

「そんなもんある？」

ないよねー。とか言いそうになった。

あんまり自然に返されたから。

「……すごいな。お前、真顔で聞いたな」

「いや、マジで、ぜんぜん思いつかない」

いたって真剣な顔の千早に、「例えば何があるの？」と聞き返され、太一は一瞬考えた。

「……彼女とか」

「え、え!?」

脚立からガタッと落ちそうになり、千早が分かりやすく動揺した。

「新に、か、彼女!?　どうしよう!?」

「俺ら、もう高校生だぞ。いつまでもかるたじゃねーだろ」

千早が、目をしばたたく。太一は畳みかけるように、言葉を継いだ。

「もう違うんだよ、あの頃とは」

一瞬黙り込んだ千早が、低い声で宣言した。

「わかった。こうしよう、太一。日曜日の大会であたしが優勝したら、一緒にかるた部作ってよ」

「は？　なんでそうなるんだよ！」

「約束だかんね」

有無を言わさぬ口調で言い捨てると、千早ははがしたポスターを、太一に押し付けた。

そのまま、大股で去っていく。

「おい！　ちょっと待てよ」

太一が声をかけたが、聞きゃしない。

押し付けられたポスターを持って、太一は呆然《ぼうぜん》と、その場に立ち尽くした。

どういう理屈でそうなるんだ、マジで。

西の空が茜色《あかね》に染まりはじめた。

学校からの帰り道。神社の境内《けいだい》を横切っていた太一はふと足を止め、拝殿を見つめた。「分梅神社《ぶばいじんじゃ》」と筆の入った提灯《ちょうちん》がふたつ、薄暗闇にぼんやりと輝いている。

分梅神社といえば、白波かるた会の先生が、宮司《ぐうじ》を務める神社だ。社務所の和室で行われるかるたの練習会に、新と千早と三人で通ったっけ。

綿谷《わたや》新は、千早と太一が小学六年生のときの、クラスメイトだった。

二学期になってから転入してきて、卒業と同時に転校していったから、三人が一緒にいた期間は一年もなかった。

変わった奴だった。無口で、感情をあまり表に出さず、眼鏡の奥の目はいつもしんと静まり返っていた。当然、クラスにはなじんでいなかった。言葉に福井の訛《なま》りがあり、そのことでからかわれても、一言も言い返すことなく、じっと押し黙っているような奴だった。太一も、はじめは新のことを見下していた。

太一と新は、校内で行われた百人一首大会の決勝で戦った。小さな頃からかるたをやっていた新に、初心者の太一が勝てるわけもなく、惨敗した。それから、千早と三人で、かるた会に通うようになったのだ。

新は、本当に、かるたをやめてしまったのだろうか。あんなに、かるたが好きだった奴が。かるたしかなかったような奴が。

新は、かるたが強かった。めちゃくちゃに強かった。かるたをやるとき、新はすごい目をした。瞳孔《どうこう》の中で真っ黒い炎が燃えているみたいだった。いつもは物静かな新の中に、あんなに激しい情熱があるなんて、きっとかるたをやらなければ一生知らないままだっただろう。

——せをはやみ！

ふいに、昔聞いた新の声が耳の中に蘇《よみがえ》ってきた。あれは、そう、たしか……千早と新と太一の三人で、雪合戦をした日のことだ。

顔が痛いほど寒い日だった。雪国育ちの新は雪合戦が強くて、顔に真正面から雪玉をぶつけられたこともあった。

そうだ。瀬をはやみ、だ。

確かあのとき、雪玉を投げながら、三人で初句《しょく》と下の句を言い合う遊びをしていた。

最後の戦い、ここに完結。
ちはやふる
―結び―
絶対に忘れない――
今、この瞬間が私たちの全て。
広瀬すず　野村周平　新田真剣佑
上白石萌音　矢本悠馬　森永悠希　清水尋也　優希美青　佐野勇斗　清原果耶
松岡茉優　賀来賢人／松田美由紀　國村隼
chihayafuru-movie.com
原作：末次由紀『ちはやふる』(講談社「BE・LOVE」連載)　監督・脚本：小泉徳宏　音楽：横山克
主題歌：「無限未来」唄：Perfume　作詞・作曲：中田ヤスタカ(UNIVERSAL MUSIC)
3.1

ちはやふる
―結び―
それぞれの未来へ―
瀬すず　野村周平　新田真剣佑
白石萌音　矢本悠馬　森永悠希　清水尋也　優希美青　佐野勇斗　清原果耶
岡茉優　賀来賢人　／　松田美由紀　國村隼
作：末次由紀『ちはやふる』（講談社「BE・LOVE」連載）　監督・脚本：小泉徳宏　音楽：横山 克
題歌：「無限未来」唄：Perfume　作詞・作曲：中田ヤスタカ（UNIVERSAL MUSIC）
3.17
chihayafuru-movie.com

「せをはやみ！」

そう言って新が投げてきた雪玉が顔面にぶつかって、太一はその場にひっくり返った。口の中に入った雪を、うえっと吐き出しながら、

「……われてもすえに、あわんとぞおもう……」

渋い顔で答えたら、千早に「おっそー！」と笑われた。

三人で、白波かるた会に通っていた頃だった。

「きみがためお！」って言われたら、「ながくもがなとおもいけるかな！」。

「よのなかは！」って言われたら、「あまのおぶねのつなでかなしも！」。

あの頃は、雪合戦をしていても、かるただった。

頭の中で決まり字と下の句をつなげながら、雪玉をお互いに投げ合った。

あの日の雪合戦が忘れられないのは、新がふいに泣きだしたからだ。

「福井に引っ越すってことはさ。来週から新はこんな雪合戦が毎日出来るようになるんだね」

雪を丸めながらそう言った千早は、出来上がった雪玉を「隙あり！」と新に向かって投げた。

雪玉を食らった新は、うつぶせに倒れこみ、すぐには起き上がらなかった。

「痛かった？　ごめん、ごめん」

千早が心配そうに新に歩み寄り、太一もあとに続いた。のぞきこむと、新が泣いていたので、びっくりした。普段、感情を表に出さない奴だったから、すごく驚いた。

「ありがとな……かるた、一緒にしてくれて……」

新は、何度もしゃくりあげながら、つぶやいた。

「でもたぶん、もう会えん……」

たぶん、もう、会えない。

そうなってしまうかもしれないことは、太一だって、なんとなく、気づいてた。小学生にとって福井と東京は途方もなく遠かった。また会えることなんて、ないかもしれない。

「……なんで？」

千早が、ぽつりとつぶやいた。

「……あたしたちにはかるたがあるから、また会えるんじゃないの？　続けてたら、また会える」

はっきり覚えている。そのときの、千早の、震えるような声。新の頬をつたった涙も、自分が何も言えずにいたことも。

千早が、倒れたままの新に手を差し出したので、太一も慌てて手を伸ばした。

「絶対会えるよ」

そう言って、千早は笑っていた。

かるたを続けていれば、また会える。

——千早。あのときお前は、何のためらいもなくそう言ったけど……お前のその純粋さを、みんなが持っているわけじゃない。事実、俺はもう、かるたをやっていない。新だって、どうだか分からない。

大人になるにつれ、みんな、すべてに保証があるわけじゃないことに気づいていくのに、どうして千早は、いつまでも自分の気持ちに真っすぐでいられるんだろう。

もし、かるたを続けていたら。

それは、かるたをやめた太一にとっては、意味のない仮定だった。

日曜日の大会であたしが優勝したら、一緒にかるた部作ってよ。

千早にそう言われたから、なんとなく気になって、つい見に来てしまった。インターネットでかるた大会の時間と場所を調べたところ、近所の公民館でやるらしい。

行くかどうか、直前まで迷っていたので、会場に着くころにはもう夕方になっていた。

今ごろは、決勝戦をやっているくらいの時間帯だ。

千早が勝ち残っているかどうか分からない。とっくに負けて帰っているかもしれないが、それならそれでいい。

太一はもう、かるたを、やめた。千早だって、やめるべきだ。子供の頃の約束に、いつまでも、囚《とら》われているべきじゃない。

会場になっている和室は狭く、すでに人でいっぱいだったので、太一は裏庭にまわった。会場の窓の前にも、すでに人だかりができている。読手の声が聞こえてきた。

「うかりける——」

中の様子をうかがうと、飛び散った取り札が見えた。札を取りに立ち上がったのは、ジャージ姿の千早だった。

「あいつ、決勝に残ってやがる……」

太一が、思わずつぶやく。

このまま千早が勝ってしまったら、太一はかるた部に入らねばならないのだろうか。

そのとき、人ごみの中から二本の腕が伸びてきて、ぐいっと太一を引っぱりこんだ。

「わ！」

つんのめって顔を上げる。

「まつげくん！」

太一のまつ毛が長いからついた、子供のころのあだ名。目の前でほほえんでいるのは、小学生の時、白波かるた会でお世話になった原田《はらだ》秀雄《ひでお》先生だ。かるた会の先輩だった、坪口広史《つぼぐちひろし》さんの姿も見えた。

「大きくなったな」

「原田先生！　坪口さんも……」

太一はぺこりと頭を下げた。

「随分長いことかるた練習に来ないから心配してたんだよ。まつ毛どころか、もう色んなとこボーボーだろう！」

オヤジな冗談を言いながら、股間に手を伸ばしてくる先生を、「ちょちょちょちょ」と首をすくめてよける。

「メガネくんも大きくなったろうなぁ」

そのあだ名も久しぶりに聞いた。

「新は……どうでしょう」

太一はあいまいに言ってごまかした。もう連絡を取っていないので、メガネくんこと新の近況は分からない。でも、それを正直に伝えてしまうと原田先生をがっかりさせる気がした。

会場内では、熱戦が続いている。

「はげしかれとは　いのらぬものを——ふくからに」

千早と相手選手が、ほぼ同時に札に手を伸ばした。

「きわどい。どっちが取った……!?」

原田先生がつぶやく。

立ち上がり、札を取りに行ったのは、千早だった。

「よし、千早ちゃんだ!」

札があった位置は、相手選手の膝先、すぐ手元。圧倒的に、千早に不利な位置にあった。それでも千早が取ったということは、千早の方が早く音に反応したということだ。

太一の目には、相手選手もかなりの速さで反応したように見えたが、千早はそれ以上だった。歌の一文字目、「ふ」が読まれるのとほぼ同時、というより……。

「あいつ今、『ふ』が聞こえる前に取りに行きませんでした?」

太一が聞くと、原田先生は鷹揚《おうよう》にうなずいた。

「音になる前の〝音〟。千早ちゃんは『ふ』になる前の『h』の音を聞き分けているんだよ」

「そんなのありか……」

　太一が絶句した。

　でも、確かに、さっきの千早は、「ふ」の字が読まれるより前に反応していた。「hu」という音の最初の「h」——閉じた唇の隙間からもれる呼気が作り出す、かすかな無声音を、耳でとらえたということか。

「千早ちゃんは、かるたで一番大事な才能を持ってる」

　原田先生はそう言うと、自分のことのように得意げに、耳を指さした。

「耳の良さ……」

　太一がつぶやく。

　生まれ持った聴覚の感度は、競技かるたに欠かせない才能だ。

「彼女はこれからもどんどん強くなるよ」

　試合は一進一退で続いていった。次に読まれた「ちぎりきな」の札も千早が取ったが、その次の「やえむぐら」は相手に取られた。しかし、「おぐらやま」は千早が根性で取り返した。互角に見えて、千早が着実にリードを広げている。

　気づけば、千早があと一枚取れば勝ち、という局面まで来ていた。

「やってたよ、一人で」

原田先生が、千早を見守りながらゆっくりと言う。

「君たちがいなくなってからもずっと。……かるたの神様は、千早ちゃんを見ていてくれたかな」

千早は、整った顔だちをゆがめ、鋭どい形相《ぎょうそう》で、最後に残った札をにらんでいる。

負けず嫌いで、手加減を知らないところは、本当に昔と変わらない。

読手が次の歌を読む。

「しずごころなく　はなのちるらん――たごのうらに」

まただ。また、音になる前に反応した。

「たご」の「ご」が聞こえるより先に、千早が腕を伸ばし、札をなぎ払った。読み札である「たごのうら」に対応する取り札、「ふしのたかねにゆきはふりつつ」を。

相手選手は、硬直したまま完全に出遅れて、反応することさえできなかった。

「……勝ちやがった」

相手との差は三枚。けして、圧勝とは言えない。千早が生まれ持った、耳の「感じ」の良さが、勝敗を分けた。

「ありがとうございました」

千早と相手選手がお互いに礼を交わし、それから読手に向かって同じように頭を下げる。

千早は、感極まったのか、そのまま頭を畳の上に押し付けた。きっと、泣いているのだろう。

太一は、ギャラリーと一緒になって、千早に拍手を送った。

試合がすべて終了し、ようやく太一は、会場に入ることができた。

千早はさっきと同じ姿勢のまま、額《ひたい》を畳にこすりつけて、動かない。

気持ちは分かるが、いつまで泣いているんだ……？

「おい、千早。そんなに泣くことないだろ――」

太一が肩をゆさぶると、千早の身体が、まるで置物のようにゴロリと転がった。

力を失い、だらりと垂れた腕。

白目を剝《む》いて、小さく口を開けたままぴくりともしない。

「うわあああっ‼」

恐怖のあまり、太一はその場にしりもちをついた。

「死んでる……！」

死んだ。千早が死んだ。かるたのやりすぎで。

辺りがしんと静まり返る。

……すぴー、すぴー、と間の抜けた音が、かすかに聞こえてきた。

「あれ？」

千早の鼻先に落ちたおくれ毛が、少しだけ揺れている。

――息、してる？　ってことは。

「試合が終わるといつも寝ちゃうんだよ、燃え尽きて」

原田先生が、慣れた様子で和室に入ってくるなり、「さ、運ぶよ」と、うながされる。

「運ぶ？」

これを？

原田先生と二人がかりで、眠り込んだ千早をなんとか抱えあげた。

「なんて、はた迷惑な奴だ……」

肩を抱えながら太一はぼやいた。

「何試合もやったからね。脳が糖分を使い果たして、私なんかこないだ一日で三キロもやせた」

とりあえずラウンジまで持っていって、あいているソファに、いったん寝かせることにする。

「あ、そっちにしよう」

「うわ、ちょっと、危なっ！」

原田先生が急に方向転換するので、バランスを崩して、太一までソファの上に倒れこんでしまった。

そのはずみに、千早の頭が、太一の膝の上に乗っかる。

おい、膝まくらをしてやっているみたいじゃないか！　太一は慌ててそっぽを向いたが、身体は動かせない。

はぁーっ、と原田先生が、ため息をついて肩をまわす。

「大丈夫か？　それじゃ、片付けがあるからあとのこと頼むわ、まつげくん」

「いやいや、先生ちょっと！」

行ってしまった。千早といい、かるたが強い人々は、どうしてこう人の話を聞かないのだろう。

太一は、膝の上の千早に目を落とした。だらりと行儀悪く投げ出された手足。相変わらず白目を剝いて、口は半開き。これで女子高生か。太一は上着を脱いで、そっと千早にかけた。

ふと見ると、千早の足の甲には、赤く擦《こす》れたアザがあった。甲のちょうど真ん中あたりと、指のつけね近く。なつかしい。太一は自然と頰が緩んだ。自分も、同じ位置に、アザができたことがあった。かるた会に通って、毎日真剣に練習していたころ。素足で正座して、何度も畳の上を行ったり来たりすると、擦れてこんなふうにアザになってしまうのだ。

――やってたよ、一人で。君たちがいなくなってからもずっと。

ふいに、原田先生の言葉が思い出された。

「これはなんの苦行だ……」

ぼやきながら、千早をおぶって、太一はじりじりと坂道をのぼっていた。閉館時間になっても一向に起きる気配のない千早もろとも、公民館を追い出されてしまったのだ。

辺りはすっかり暗くなっていた。高架下を、黄色い明かりを宿した電車が、走り抜けていく。

「太一……」

耳元で声がして、太一は首だけ千早の方に向けた。

「おお、起きたか。起きたんならさ……」

「かるた部のことは、もういいよ」

らしくない、なんだか気弱な声。

太一はその場に立ち止まった。

千早が、ぽつりとつぶやく。

「あたしの手元に最後まで残ってた札、『たれをかも』の札だった……昔の友達は、もういないって意味なんだって」

昔の友達は、もういない。

ぱん、と、手のひらに、汗ばんだハイタッチの感触が蘇った気がした。

四年前、千早と太一と新の三人で、『小学校かるた団体選手権』に出場した。「チームちはやふる」と書かれたおそろいのTシャツを着て、千早を真ん中にして、三人一列に並んで相手チームと対峙《たいじ》した決勝戦。劣勢を覆《くつがえ》して三人で札を取ったあと、ぱちんと手を打ち鳴らしあった。

その後、新は福井へ引っ越し、太一は千早とは違う中学に進学して、三人はばらばらになった。

昔の友達は、もういない——。

「……でも」

おだやかな声で、千早が言葉を継ぐ。

「あたしは今でも、三人はチームだと思ってるよ。かるたをやってても——やってなくても」

太一は何も言わなかった。

「見てて、太一。あたし、かるた部作ったら、瑞沢をかるたの名門にするの。部員もいっぱい増やして、卒業してからも、後輩にかるた教えに来たり」

話しながら、千早は、はにかむように笑った。

「かるたの楽しさとか、新の情熱を、もっと、もっとたくさんの人に、知って欲しいんだあ……」

ピーピーと、寝息が聞こえてくる。

話しながら、また眠ってしまったらしい。

「……子供かよ」

よいしょ、と千早を背負い直し、太一はまた歩を進めた。

「あんな所にマンション出来たんだ……」

景色の変わった町、千早よりずっと背が伸びた太一。小学生の頃出会った俺たちは、もう高校生だ。時間は容赦なく進んでいく。

でも、どれだけ経《た》っても、千早は変わらない。

もしかしたら、新も――。

＊

千早ははりきっていた。

――かるた部を作って、瑞沢高校を名門にするんだ！

そのためには、まず、部員をそろえなくちゃいけない。せっかく再会できた太一が、かるた部に入ってくれないのは残念だったけど……もちろん諦めないよ。だって都立瑞沢高校には、四百人の新入生がいる。一緒に、かるたをやる仲間がきっと見つかるはずだ。

月曜日の放課後、千早は、教室に残っておしゃべりをしている女子二人を目ざとく見つけて、駆け寄った。

「あれから考えてくれた？　かるた部」

声をかけると、急に、二人の雰囲気が硬くなった。

「え」

「あ……」

二人は困ったように顔を見合わせ、口ごもってしまう。

「……私たちはかるたは、また陸上やろーよ。楽しそうだよ」

「千早ちゃんも、そんな、ねぇ」

今度は千早が口ごもる番だった。

「……んー。でも、高校は、かるたやりたいんだよね」

中学で陸上をやっていたのは、かるたに必要な体力や瞬発力を付けるためだし

……とまでは、言わないでおく。

女子の一人が、ふと時計に目をやった。

「わ、時間ヤバくない？」

口早に言って、かばんを手に立ち上がる。

「ヤバい！　千早ちゃん、ごめん行くね」

「私も。じゃあ、またね」

ばたばたと走っていく二人に向かって、千早は力なく手をふった。

「いってらっしゃーい……」

はー。まだ、新入部員ゼロ。

千早はひとり、空き教室でかるたを並べていた。

本当は、試合の時と同じように畳の上でやりたいんだけど……和室は茶道部が使っているから、仕方ない。

フローリングの床に、札をすべて並べおえると、集中して目を閉じた。

放課後の学校は、騒々しい。運動部のかけ声。ランニングの足音。バスケットボールが跳ねる音も、小鳥のさえずりでさえも、かるたには邪魔だ。

髪を耳にかけ、深呼吸する。

次第に世界が一点に集まっていくようだ。周りの音が、その一点に向かって吸い込まれるように消えていく。

千早と、かるたと、読手の声だけ――。

とその時、ガタガタッと、乱暴に窓を開ける音がした。

誰？

顔を上げると、太一が掃き出し窓を開け、畳をドサッと床の上に投げ出した。

一人で運んできたのか、荒い息をついて、その場に座りこむ。

「茶道部に、古いのもらってきた。あと三枚あるから手伝え」

そう言って、立ち上がる太一。

投げ出された畳は、へりが古びてはいるけど、表の藺草《いぐさ》はまだまだきれいだ。

——太一、かるた部に入ってくれるんだ！

千早は顔をほころばせ、すぐに立ち上がって太一を追いかけた。

＊

「私も持つよー」

上機嫌の千早は太一の横に並ぶと、さっそく腕まくりを始めた。

「マジで重いからな」

千早といっしょに重ねた二枚の畳を運ぶことにした。

畳って、意外と重たい。札を取るということは、畳を叩くということでもある。あの、ずっしりした音は、この畳の重さがあってこそだ。

……それにしても、重い。

「わ、ちょっと、待って！」

千早が手を滑らせる。

「ちゃんと持てよ」

ふらつく千早を見ながら、太一は一度に二枚は、無茶だっただろうかと思う。

「あたた、ちょっ、ちょっと、待って！」

少し進んでは、いったん降ろして持ち直し、ひーひー言いながら、なんとか運んでいった。

途中、テニスコートの横を通り過ぎた。

「あ、エア……K！」

例のぽっちゃり野郎が、飛び上がってぶんぶんラケットを振っていた。一応ボールを相手にしているようだが、かすってもいない。

「危ない危ない。気を付けろよ」

「すいませんでした。……どんまーい、俺」

見かねたテニス部の先輩に注意され、自分で自分をはげましている。この間の勢いはどこへやら、どこか表情も曇っている。

あいつ、テニス、向いてないいんじゃねえか……。

そう思いつつ、畳を抱えた太一は隣を通り過ぎた。

ようやく空き教室にたどり着き、ドスンと畳を床に置く。

畳があるだけで、ずいぶん、かるた部らしくなった気がした、のだが……。


「言ったはずですよ。正式な部活動だと認めるには最低五人必要だと」

やっぱり畳があるだけじゃ、だめらしい。

畳が敷かれて、それっぽい雰囲気になったところで、しれっと部員二名のまま、かるた部を作ろうとしたが、部活主任の宮内先生はにべもなかった。

「そこをなんとか！」

千早がくいさがるが、「なりません」とばっさり切られる。

「あと二人、集めてきて下さい」

「ん？　二人？」

必要な部員は五人。千早と太一で二人。あと、三人じゃ？

宮内先生の視線の先を追ってふりかえると、あの、ぽっちゃり野郎が立っていた。「ぼくも仲間です」みたいな顔をして、なぜか片手には大きな肉まんを持っている。

「……と言っても、まだどこにも入部してない生徒は、あと一人しかいませんけど」

生徒名簿を確認しながら、宮内先生が言った。

まだどこにも入部してない生徒は、あと一人。

「ってことはどう頑張っても五人集まらねーじゃん！」

職員室を出たぽっちゃり野郎は、大げさに両手を広げて嘆《なげ》いた。

「おい、どうするよ！」

と、千早と太一の顔を順番に見る。

……いやいや。なんでこいつ、当たり前のようにまざってんだ？

「エアKはもうやめたのかよ」

「はあ？」

ぽっちゃり野郎は、当然のような顔をして「やめるどころか、これからだろう。エアKってのは、エアかるたのことに決まってんだろ」と答えた。

エアかるた、ね。

「つまり、かるたの素振りだなっ」

ぽっちゃり野郎は元気よく言って、腕をぶんぶんと振る。ラケットを持っていた時より、よっぽどキレがあるような気がした。

思いがけない新入部員の登場に、千早はきらきらと目を輝かせている。

「ね、かるた部入ってくれるの？」

「入るでしょ。俺を誰だと思ってんだ」

「やったぁ！　太一、やったね！　あ、よろしくね、あたし綾瀬千早！」

「何だよ今更、初めてじゃあるめえし」

千早がピンと伸ばして差し出した手を、ぽっちゃり野郎はぺちんとはたいた。

「思い出すよ、お前らのチームと俺のチームの団体戦」

一体なんの話だ？

千早が困ったように視線を向けてくるが、太一だって記憶にない。

団体戦ってことは、小学生の時に会ったのだろうか。相手チームの顔なんて、全く覚えてない。でも、ぽっちゃり野郎が俺たちのことを覚えていてくれるのに、「誰だっけ？」なんて聞くのも悪いよな。

「誰だっけ？」

千早が実にストレートに聞いた。

「え……え!?」

ぽっちゃり野郎は、動揺するも、すぐに不敵な笑みを浮かべた。

「……あっはは ー、そうか、綾瀬。お前は俺に瞬殺されたから覚えてないんだな？だなっ、真島」

「いや悪い、俺も覚えてない」

こうなったら太一も正直に白状した。

「この無礼な裏切り者め！　ほら、『に』から始まる名字だよ！」

「に……？」

首をかしげる太一に、ぽっちゃり野郎は前のめりで「に！　に！」とがなり続ける。

でも、全然ピンとこない。

「に、に……に……？」

「に……くまんっ!!」

正解出ましたとばかり、千早がぴょんと飛び上がった。

「ん～、雑っ！　これ豚角煮まんっ！」

ぽっちゃり野郎はなぜか肉まんの種類にこだわっている。

「違う違う！　ホントに肉まんくんだよ。食べてたじゃん、あの時も」

「え？　食べてたっけ？」

「あの、ほらほら、団体戦の時さ――」

言いかけた千早の目が、ぽっちゃり野郎の後ろに吸い寄せられた。

「あ――！」

一体なにを見つけたのか、ぽっちゃり野郎を押しのけて、渡り廊下の手すりから身を乗り出す。かと思えば、そのまま、猛ダッシュでどこかへと走り出してしまった。

「ちょーいっ！　何だあいつ、幼稚園児か……?!」

ぽっちゃり野郎は、走り去る千早の背中を啞然《あぜん》として見送ると、やがて我に返ったように「俺、西田《にしだ》。西田です！」と叫んだ。

ようやく太一は思いだした。そういえば、いたっけな。小学生の時、かるた大会の決勝戦で戦った相手の中に、目が細くてぷっくりした少年が。

千早の言う通り、お前、たしかに食べてたよ。肉まん。

＊

大江奏《おおえかなで》は、弓道着姿で、掲示板に貼られたへたくそなポスターを見上げていた。

「競技かるた部を、一緒に作りましょう」。

裳《も》唐衣《からぎぬ》——いわゆる、十二単を着た女の人の絵が描かれている。唐紅《からくれない》の下からのぞくはずの白小袖や長袴や小腰《こごし》、それに裳や引き腰が、きちんと描かれず省略されているのは、この際、目をつぶるとして……。

たとえ一万歩譲っても許せない箇所が、このイラストにはあった。

「……着物の合わせが、逆です……」

奏はぽつりとつぶやく。

と、同時に、廊下の奥から悲鳴が聞こえてきた。

すっ飛んできた女子生徒に体当たりされ、通りすがりの男子生徒がぐらりとする。

「おぶっ」

「あ、ごめんっ」

謝った女子生徒が、顔をこちらに向ける。

きりりとした大きな目。目鼻立ちがはっきりしているのが、遠くからでもよくわかる。

ふとその子がチーターのように腰を落とした。

「えっ？」

なんだろうと思っていると、そのまま、奏めがけて猛進してくる。

「きゃっ！」

みんながその子をよけて、廊下の両端に寄ったので、真ん中に道ができた。

その子は髪を振り乱して、猛然とこちらに迫ってくる。

「いや――――っ！」

奏は涙目になって、逃げ出した。

廊下を曲がり、階段を一目散に駆け下りる。ちらっと振り返ると、あの子が猛禽《もうきん》類《るい》のような鋭い目つきで突っ込んでくるのが見えた。

「来ないでー！」

「待ってって！　ちょっと、待って！」

つかまったらきっと、取って食われてしまう――。

＊

一方、太一は西田とともに「まだどこにも入部してない唯一の生徒」を確保すべく、動いていた。

二人そろって、廊下から、ターゲットのいる教室をのぞきこむ。

「あいつが、俺達の最後の希望だ……」

西田がつぶやいて、あごでしゃくったのは、前髪を七三に分けて銀縁の眼鏡をかけた、生真面目《きまじめ》そうな男子生徒だ。

一人机に座って、分厚い時刻表を読んでいる。「一人が好きです。そっとしておいてください」オーラが半端ない。名前は駒野勉《こまのつとむ》というらしかった。

「陰ではみんな『机さん』って呼んでる。いつも机にかじりついてるから」

「あれは無理だろ」

と、太一は初めからあきらめムードだが、西田は首を振った。

「あいつは入試も二位の成績で合格してる。絶対かるたに向いてる」

さぁ！　と西田に背中を押される。

俺が行くのかよ、と思いつつ、太一は教室に足を踏み入れた。

無表情に時刻表を読んでいる駒野に、声をかける。

「あの、机さん――」

早速まちがえた。

「机さん」は、陰でみんながコッソリ呼んでいるあだ名にすぎない。教室中の冷たい視線が突き刺さる。

「あ……、いい机だねぇー、これ」

苦し紛れに、太一は駒野の机をぺたぺたと撫《な》でた。

「杉かなー？　けやきかなー？」

「ラワン合板だよ」

駒野がぴしゃりと言った。教室はしーんと静まり返る。

「あ、そうなんだ……」

「何か用？」

太一はどう切り出そうか迷ったが、どんなふうに誘っても断られるイメージしか思い浮かばなかったので、ストレートに聞いてみることにした。

「部活入んないの？」

駒野が無言で片眉をあげた。

「……かるた部とか、どうかなー？」

太一は半ばやけくそで聞いた。

「かるた？」

あからさまに馬鹿にした顔で、フッと笑われる。

「よりによって、何でかるた？」

「さあ……」

「僕は群れたりするのが嫌いなんだ。他あたってよ」

あっけなく撃沈。とりつくしまなし。太一は西田の方を振りかえり、腕を交差させてバツのサインを出した。

それでも西田は納得してくれない。もっと誘えって、がんばれがんばれ。西田が無言のガッツポーズで太一を促す。

そのとき、廊下の奥から、キャアー！　と断末魔のような悲鳴が聞こえた。

おびえた様子の女子生徒が、廊下を走り抜ける。

「ちょっと何で逃げんの！」

女子生徒を追いかけているのは、千早だ。さっき突然走り出したのは、彼女に入部を迫るためだったのか、と太一は思った。

千早は千早で、部員獲得のためにがんばっているようだ。だいぶ動物的だけど。

俺も、もうちょっと、誘ってみるか。

太一は、駒野に向き直った。こういう、自分以外は全員バカだと思っているタイプは、プライドをくすぐってやるのが有効かもしれない。

しゃがみこんで、駒野の顔をのぞきこむ。

「かるたの全国大会で優勝する高校は、ほとんどが進学校なんだ。なんでか分かる？」

さあ、と駒野が首をかしげる。

「それほど、かるたは頭を使うってことだよ。逆に言えば、かるたが強いってことは……？」

駒野の表情が、かすかに揺らいだ。

＊

とうとう追いつかれ、奏はその子に、うしろから抱きつかれた。すごい熱気が奏の身体に伝わってくる。

勢い余って、二人そろって廊下に倒れ込んだ。

「うわーん!」

奏は身体をバタつかせて、なんとか逃れようとするが、その子にがっつりホールドされて身動きが取れない。

「今、かるた部のポスター、見てたよね? ねね、興味あるんでしょ、かるた!」

奏はぴたりと動きを止めた。

「かるた、好き?」

大きな目を輝かせながら、その子は奏に聞いた。

かるたが好きかって? 好きに決まっている。日本人なら当然でしょう?

「それはもう……小倉《おぐら》百人一首は、世界に誇るべき日本の文化だと思いますっ」

するとその子はさらに目を輝かせながら、

「とりあえず観《み》に来ませんか? かるたやるの。私、綾瀬千早」

「大江奏です」

奏は綾瀬千早の顔をまじまじと眺める。和装が似合いそうな、凜《りん》として美しい顔立ちをしていた。

「かるたをお嗜《たしな》みになるなんて……なんて……なんて雅《みやび》なご趣味——」

つい、うっとりとつぶやく。

雅楽《ががく》の音が、どこからともなく聞こえてくる（気がする）。

ひらひらと落ちてくる美しい紅葉《もみじ》が見える（気がする）。

奏の頭の中に広がる、たおやかな和歌の舞台。

十二単を着て、小倉百人一首を嗜む自分。古《いにしえ》の和歌の世界に思いをはせ、心を歌に重ねて——。

「おほほほほ、おほほほほ」

気が付くと奏は、扇子《せんす》で口元をかくすようにして、優雅な笑い声をあげていた。

目の前の千早は、ちょっと引いているようだった。


なにこれ。目の前の光景に奏は息を呑《の》んだ。

「おりゃあっ！」

「どりゃぁっ！」

「おっし、キープ！」

「くっそォ！」

千早に付いて、かるた部の見学にやって来た奏は、その練習風景に圧倒されていた。

飛びかう怒号。男子二人が汗だくになって、畳をすごい力で叩き合っている。手裏剣のように弾《はじ》き飛ばされた百人一首の札が、畳の上にひっくりかえって散らばっている。

……ていうか、なに、これ。

「ね。競技かるたってカッコいいでしょ」

となりの千早は、なぜか得意げだ。着ているのは、十二単ではなく、真っ赤なジャージ。

反対隣りには、雅のミの字も知らなそうな、神経質そうな眼鏡男子が、小ばかにしたような様子で奏と同じように見学していた。

「突き指とかしょっちゅうなの」

「……歌、全然聞いてないみたいなんですけど」

「歌？　歌なんか聞かなくても札は取れるよ。決まり字って言って――」

「だまらっしゃいッ！」

奏は我を忘れて叫んだ。

あたりがしんと静まり返る。おしとやかに見える奏が低音の怒声を張り上げたので、みな呆気《あっけ》にとられていた。

「千年の時間を経《へ》て今に伝わる名歌ですよ！　それが……それが……なんですか、あなたたちは！」

雅な古の世界を期待していたのに。小倉百人一首を、こんなふうに乱暴に扱うなんて。

あなたたちは、百人一首を汚《けが》しています！

奏はその場から、脱兎《だっと》のごとく走り去った。

大江奏がいなくなったあと、千早たちは、唖然として立ち尽くしていた。

「え？　えっと……行っちゃった？」

混乱したように、千早は太一を見る。

「……古典好きってこと？」

太一がつぶやく。奏の性格を察した西田が、諭《さと》すように千早に言った。

「綾瀬、あれは諦めろ。競技かるたには向いてない」

「ううん、かるた好きに悪い人はいないもん！」

よく分からない説だが、千早はきっぱりとそう言って奏を追いかけていった。

残された太一と西田は、顔を見合わせて、苦笑いする。

「これ」

そこへ駒野がぺろんと差し出したのは、入部届だ。

「おお――――！」

かるた部に、入ってくれるのか！

太一と西田のテンションが急上昇し、ダブルでガッツポーズ。

続けて、その上に差し出されたのは、退部届。

「おお――――!?」

太一と西田は訳が分からず、駒野の顔を見た。

「勘違いしないで欲しいんだけど。僕は校則で決められているから、とりあえず部活に入るだけで、やめたくなったらいつでもやめるつもりだから」

あらま、と西田がつぶやく。

「ではあと六秒でここを出ないと、いつもの電車に間に合わないので」

これから塾なんだと言い捨てると、駒野はさっさと教室をあとにした。


奏は屋上の手すりにもたれ、校庭を見下ろしていた。

追いかけてきた千早が、隣に並ぶ。

——大江さーん！　どこー？

——奏《かな》ちゃーん！　走んないと怒られるよー？

校庭では、奏と同じ弓道着を着た弓道部員たちが、大声で奏をさがしている。

どうやら奏は、弓道部のランニングを抜け出して、あのポスターを見上げていたらしい。

「ランニング、嫌いなんだ？」

千早が首をかしげて聞く。

「袴で走るなんて……そんな、はしたないこと、出来ないです」

奏がぽつりと答えた。

「はしたない？」

千早には、これまで縁のなかった言葉だ。

「うちは、代々呉服屋なんです」

「え、超カッコいいじゃん！」

千早が、色めきたつ。奏は暗い声で続けた。

「……私、少しでも長く和服を着ていたくて、弓道部を選んだんです。日本人が培《つちか》ってきた和の文化が、好きで好きで……。それなのに、その象徴たる百人一首を、あんな早押しウルトラクイズに使うなんて！」

早押しウルトラクイズ……確かに、その通り。競技かるたはとにかくスピード勝負で、歌の意味になんて、千早は毛ほどの注意も払っていなかった。

「でも、確かにかるたを取る時は、初めの何文字かしか聴いてないんだけど、それでも好きな歌があってね」

千早はおずおずと、切り出した。

「知ってる？　ちはやぶる、神代も――」

「神代も聞かず　竜田川　からくれなゐに　水くくるとは」

千早が言いかけた句を引きとって、奏はひといきに暗唱して見せた。こわばっていた声が、歌を口ずさむときには、少し優しく聞こえた。

「初めてかるたを教えてくれた人に言われたの。これはあたしの歌だって」

千早がそう言うと、奏がすかさず振り向いた。

「恋人ですか？」

「へっ？」

「恋人なんですね？」

がしっと両手を握られる。

恋人？　……新が？

考えたら、千早の頬がぱっと熱を持った。

「いやいや、恋人じゃ、ないんだけど……」

そう否定してみても、奏は嬉しそうに笑っている。

「でも奏ちゃん、なんで？」

「だって、これは恋の歌ですから」

「恋？」

「ちはやぶる」が、恋の歌？　それは千早が知っている歌の意味とは違った。

「竜田川に紅葉がいっぱい流れて超キレー、って歌でしょ」

「確かにそうなんですけど、千年前、在原業平はこの歌に恋心を隠したんです」

「隠すって……？」

「天皇のお后様との禁じられた恋だったから」

目を閉じた奏が、うっとりと言う。

在原業平の名前は、千早も聞いたことがあった。美男子で有名だった平安時代の貴族のはずだ。その業平と天皇のお后様との、恋——。

「この歌は、かつて恋仲だったそのお后様を想って、業平が詠《よ》んだ歌だと言われています。激しい水の流れを真っ赤に染め上げてしまうほど、今でもあなたを強くお慕い申し上げております……そういう歌です」

燃える想いが、激しい水の流れを真っ赤に染め上げてしまう――。

千早は目を閉じて、その光景を想像してみた。

竜田川にたくさんの紅葉が流れてくる。紅葉の一枚一枚に、在原業平の恋心が秘められているのだ。水面を埋め尽くした紅葉は、燃えるように赤く、激しい流れに乗ってこちらに迫ってくる。

「少ない言葉の中に、いろんな意味を読み取ることができるから、和歌は面白いんです。五七五七七は、今で言えばたった三十一文字のツイートのようなもの！

……どうかしました？」

奏に声をかけられ、千早はゆっくりと、目を開けた。

「……真っ赤になった。頭の中が真っ赤になった」

ものすごい量の紅葉に、埋め尽くされて。

「すごい……すごいすごいすごい！　もっと教えて！」

千早に迫られ、奏は喜々として説明した。

「難しいイメージのある百人一首も、実は四十三首が恋の歌なんです。千年前の人も、恋愛で悩んでいたかと思うと、何だか急に身近に感じられませんか？」

かるたって、やっぱり、すごい！

千早は、全力でうなずいて、奏の手を取った。

「一緒にかるたやろう！　もっともっとみんなにも知ってもらおうよ。奏ちゃんの大好きな歌のこと」

奏がかるたに向いていないなんて、絶対、うそだ。こんなに和歌が好きな人は、かるたをやるべきだ。かるたがこんなに楽しいって、もっとたくさんの人に、知ってもらうために。

奏は、迷うように、千早の顔を見た。

「……一つだけ、条件があります」

＊

太一と千早は、固唾《かたず》を飲んで、目の前の宮内先生を見つめていた。

部長　かるた愛は誰にも負けない！　綾瀬千早

副部長　セレブな器用貧乏です。　真島太一
書記　頭がいい即戦力。　駒野勉
機器係　こう見えて一番かるた歴の長い大先輩。　西田優征《ゆうせい》
会計　頼もしい和歌オタク。　大江奏

千早が考えたキャッチコピーつきの部員名簿を、宮内先生はトントンと一行ずつ鉛筆でたどりながら確認していく。

最後の段まで来ると、顔を上げて言った。

「いいでしょう。かるた部創設、認めます」

「いやったぁ！」

千早が飛び上がってガッツポーズする。太一も、ほっと表情をゆるめた。

「顧問はとりあえず私がやります。ただ、私はテニス部の方が忙しいので、基本的にかるた部は部長に任せます」

宮内先生はそう言って、名簿になにか書き加えると、千早に返した。

「はい、任されました！」

千早はびしっと敬礼で答えた。

それからみんなの方を振り返って、

「よし、今日からこの五人で六月の東京都大会優勝目指そう！」

えいっと勢いよく、右腕を振り上げる。

「「「はあ!?」」」

みんなの声が、仲良くそろった。西田があきれ返った声で言う。

「お前、初心者が二人もいるのに、さすがに優勝は無理……」

「無理じゃないよ、肉まんくんっ」

「肉まん？」

「今日から私が二人を猛特訓するよ！」

千早はやる気に満ち溢《あふ》れていた。瞳の奥に、燃え立つ闘志が見えるようだ。

「あ、ゴールデンウィークは絶対に空けといてね、強化合宿やるから」

「あの」

宮内先生が、千早の背中に声をかける。

はい？　と振り向いた千早に向かって、冷静に告げた。

「部長は綾瀬さんじゃありませんよ」

「え？」

改めて部員名簿を確認した千早は素《す》っ頓狂《とんきょう》な声をあげた。

千早の肩書きの「部長」が、鉛筆で塗りつぶされ、太一の上に書かれた、「副部長」の「副」の字が消され、「部長」に丸囲みされている。

不満で頬を膨らませた千早の前で、太一は困惑気味だった。ただ西田も駒野も奏も、ちょっと安心したようだ。


太一は、同じ路線の電車で帰っていく西田らの姿を、千早とともにホームから手を振って見送った。千早と太一の電車は反対方向だ。

無事にかるた部が発足したのは良かったが、今日は手続きだけで部活時間が終わってしまったので、本格的な練習は明日からになる。

「そう言えばさ、大江さんの入部条件って何だったの？」

太一が聞きながら隣を見ると、千早の姿がなかった。ふと視線を下に向けると、なぜかホームにしゃがみこんでいる。

「……お前、何してんの？」

「決めた！」

がばっと立ち上がると、千早は宣言した。

「いま、電話する」

「電話？」

千早は真剣な面持《おもも》ちで、携帯電話をにぎりしめた。画面をタップして発信画面を表示し、電話番号を押そうとしたところで、ぴたっと指がとまる。

「……あぁ～……ダメだ……でも今する！」

ためらったり決意したり、忙しいやつ。

太一はちょっと呆《あき》れつつ、「誰に？」と聞いてみた。

「新」

返ってきた言葉に、一瞬、思考が飛ぶ。

「かるた部できたら電話するって決めてたの」

あぁ、と、太一はかすれた声で、なんとか相づちを打った。

そうか。

新に、伝えたいのか。

急に気持ちがささくれだった。胸の奥がざわざわする、この感じ。誰かに嫉妬するのは、久しぶりだ。

千早が、緊張した面持ちで、発信ボタンを押す。

早く電車が来てくれればいいのに、夜のホームは静かだ。

プルルル、と新の携帯を呼び出す着信音さえ、太一の耳まで聞こえてくる。

＊

千早は緊張しきって、携帯を耳に押し当てていた。

呼び出し音が、途切れる。

「はい、綿谷です」

福井弁のやさしいイントネーションが、耳の奥に飛び込んできた。

なつかしさが溢れてきて、言葉を失う。

「……もしもし？」

怪訝そうに、新が聞き返す。

声変わりして、声が低くなっている。でも、確かに、新の声だった。長いブランクがあっても声を聞いているだけで、新と過ごした日々が、きのうのことのように蘇ってくる。

「新……新だ！」

胸がいっぱいになって、千早は叫んだ。

「……千早？」

「新、元気？　あたしは元気だよ」

ふふっ、と受話器の向こうで小さく笑う声がした。

「ほんな感じやな」

「あのね、あたし高校入って、かるた部作ったんだ。太一も一緒だよ！」

そう言って、太一の方を見る。照れているのか、太一はぎこちなく笑みを返した。

「ほうか。すごいな千早」

「あたしたち、ぜっったいに東京都大会優勝して全国に行くから、そしたら、近江神宮まで会いに来てよ。かるた部のみんなにも会って欲しいんだ。きっと仲良くなれるよ！」

ほうか、と新が相づちを打つ。

今年は年賀状が来なかったから心配していたけど、こうして電話で話してみたら、やっぱり新は新だった。

離れていても、やっぱり、私たちは一緒だ。かるたをやっている限り。

そう思ったら嬉しくなって、千早は、学校のことや原田先生のこと、西田や奏や駒野たち部員ひとりひとりのことまで、事細かに新に話してしまった。

＊

夢中になって新と話す千早の姿を見て、太一はつい下唇を嚙《か》んだ。

千早が、あれほど熱心にかるた部を作ったのは、全国大会で新に会いたいからなのだろうか。太一はため息を吐《つ》いた。

千早がかるたを始めたのは、新がきっかけだった。千早にとってかるたと新は切り離せないものなのだ。だとすれば、千早がかるたをする限り、千早の中から新が消えることはないのだろうか。

電車がホームに滑り込んできて、千早は名残惜《なごり》しそうに電話を切った。

空《す》いている車内で並んで座っていたら、すぐに眠りに落ちた千早がこてんと寄りかかってきた。

「おい」

小声で声をかけるが、もちろん起きない。ぴーぴーと鼻を鳴らし、安堵《あんど》した様子で寝入っている。

もしかして、新と電話して、緊張したのだろうか。あの千早が、たかが電話で、緊張？

——相変わらず、新は千早の中で、特別な存在なんだな。

そう思うと、また、ふっと太一の心に黒い影が差した。

綿谷新が再生ボタンを押すと、音声が流れ出した。

「せをはやみ　いわにせかるる　たきがわの――」

新は自宅の和室で正座して、目の前に並んだかるたの札をにらんでいた。傍《かたわ》らには、百人一首の自動読みあげ機、「ありあけ」。これのおかげで、一人でも練習することができた。

「われてもすえに　あわんとぞおもう――つくばねの」

「つく」の決まり字に反応して、新の指先がサッと畳をこする。

新はかるたを取るとき、畳を叩きつけたりしない。正確な指の動きにすくいあげられて、かるたはただ静かに、畳の上をすべっていく。

「ありあけ」と一緒にかるたを練習するのは、新の日課だった。

次々と読まれる歌に反応して、新はねらった札だけを、どんどん払っていった。

「ふりゆくものは　わがみなりけり――いまはただ　おもいたえなん　とばかりを――」

歌の末尾が、ふるえながら、空気に溶けて消えていく。

次に読まれる音を、一秒でも早く捕まえてやる――。

新は静かな気持ちで、目を閉じて、集中した。と、その時。

ピピピ……。

隣の部屋でアラーム音が鳴る。

集中力が一気に切れて、どっと身体の力が抜ける。

「新、行ってくるでの。じいちゃんのこと頼むの」

隣の部屋から、父親の彰《あきら》の声がする。「んー」と、新は相づちを返した。

じいちゃん――新の祖父、綿谷始《はじめ》は今年で七十五歳になる。競技かるたの世界では名の知れた人だ。かつて名人戦に七連勝して永世名人となり、ついでに髪型が似ているので〝かるた界のアラン・ドロン〟の異名もとった。新にかるたを教えたのも、じいちゃんだった。

ところが、三年前に脳内出血を起こして以来、じいちゃんは左半身が麻痺《まひ》してしまった。生活するには誰かの助けが必要だ。新たち一家が東京から福井へと引っ越したのは、じいちゃんの介護をするためだった。

じいちゃんは、一日の大半を、居間に置いた介護ベッドの上で過ごす。

居間をのぞきこむと、じいちゃんは麻痺した左半身を扱いづらそうによじらせて、身体を起こそうとしていた。新は駆け寄って、身体を支えた。

「彰のやつ、大袈裟《おおげさ》やの」

と、じいちゃんがぼやく。「もう一人でおっても大丈夫やのに」

「何かあった時のためや。頭に爆弾抱えてるようなもんやって言われたら、誰でも心配になるわ」

言いながら、下に落ちた枕を拾い上げて、じいちゃんの頭のうしろに滑り入れる。じいちゃんは、枕に頭を乗せると、はぁとため息を吐いた。

「ちょっと、爪切り、取って」

「んー」

引き出しを開けようとした新の手が、ふいに止まった。棚の上に置いてあった写真が目に入ったのだ。そこには、「チームちはやふる」のTシャツを着た新と、千早、太一が写っている。後ろには、腕を組んで誇らしげにしている原田先生もいる。

――あたし、高校入って、かるた部作ったんだ。

電話で千早が言っていたことを思い出す。千早と太一がかるたをやっていると聞いて、胸が熱くなった。今は高校で、自分の知らない新しい仲間たちと一緒に、毎日練習に励んでいるのだろう。想像すると、なんだかまぶしいような気持ちになった。

「……川の流れは、岩に当たって二つに割れても、いずれまた一つに戻るもんや」

写真を見て黙り込んだ新に、じいちゃんが、静かに言った。

「『せをはやみ』か？」

新はふりむいて尋ねる。

「すまんの、新。まさかじいちゃんがその岩になるなんて」

「なんも気にせんくていいよ」

新は明るく言って、爪切りを差し出した。うーむ、とじいちゃんは、納得がいっていないような調子で唸《うな》る。

「かるたをしてればまたきっと会える。あいつらと、ほう約束したんや」

＊

かるた部、部活初日。

仲間とかるたが出来ると思うとうれしくてたまらず、千早は放課後になるやいなや、ルンルンと部室に向かった。

千早が勝手に使っていた空き教室は、かるた部が無事に発足したことにより、正式に部室として認められることになった。

千早、太一、西田はかるた経験者だが、奏と駒野は初心者だ。初めての部活動は、まず二人にかるたのルールを説明することから始まった。

まずは太一が、基本的なルールを説明する。

「かるたには百首しか歌がないから、決まり字って言って、上の句の最初の何文字かを聞けば下の句が特定できるんだ」

「んで、これが初心者用の札。決まり字には、一文字から六文字まである」

そう言って西田が見せた下の句の札には、文字の上から赤いマーカーで決まり字が書かれていた。

たとえば「あはれことしのあきもいぬめり」の札には、上から「ちぎりお」と朱書きされている。もとの歌は、「契《ちぎ》りおきし　させもが露を　命にて　あはれ今年の　秋もいぬめり」。

百人一首には、「ち」から始まる札が三枚ある。「ちはやぶる」「ちぎりおきし」「ちぎりきな」の三首だ。「ちはやぶる」の歌は「ちは」まで聞けば取りに行けるが、「ちぎりおきし」の歌は「ちぎりお」まで聞かなければ、特定できない。

ただし、もうすでに「ちぎりきな」の歌が読まれている場合は、話が別だ。同じ歌が二度読まれることはないので、「ちぎ」まで聞いて取りに行ける。さらに、すでに「ちはやぶる」が読まれていれば、「ち」を聞いた時点で取りに行ける。

つまり、決まり字は状況によって変化する。百首すべての決まり字を正確に暗記していることは、かるたで戦う上での前提条件だ。

しかし、決まり字を覚えるのは、正直、かなり、大変だ。

「語呂合わせで覚える方法もあるよ」

千早はそう言って、黒板に書かれた歌を指さした。

「『うかりける』の下の句は『はげしかれ』だから、『うっかりハゲ』」

「はァッ！」

絶叫した奏が、雷に打たれたように、うずくまった。

「びっくりした……どしたの？」

西田がおそるおそる聞く。奏は青い顔でよろよろと身体を起こした。

「『うかりける』の歌は……名歌中の名歌ですよ。好きな人に想いが届かない、とっても切ない片想いの歌なんです！　それを……それを……まさかの」

「うっかりハゲ？」

西田が楽しそうに言う。奏は「やめてぇー！」と悲痛な叫び声をあげながら、西田をバンバン叩いた。

「そんな片想い、ぜぇったい、実らないッ！」

「やべ、奏ちゃん面白い」

西田が腹をかかえて笑った。

そんな二人を横目で見ながら太一が説明を続ける。

「競技かるたは、決まり字の聞き分けが勝負だから、タイミングをはかるために、読手は必ず一つ前の下の句を読み上げてから、次の上の句を読むんだ。こんなふうに」

太一が歌を読む。西田と千早が、札をはさんで向かい合った。

「まだふみもみず　あまのはしだて――うかりける　ひとをはつせの　やまおろし」

うっかりハゲ。「うか」を聞いた瞬間、千早がザッ！　と、「はけしかれとはいのらぬものを」の札を払う。

今、太一が読んだのは、それぞれ二つの句の、下の句と上の句だ。

「大江山　いく野の道の　遠ければ／まだふみも見ず　天《あま》の橋立《はしだて》」と、「憂かりける　人を初瀬の　山おろしよ／はげしかれとは　祈らぬものを」。

「もし相手の陣地から一枚取ったら、自分の陣地から一枚送る」

今、千早が取った「うっかりハゲ」の歌は、西田の陣地に並べられていたものだ。だから千早は、自分の陣地から札を一枚選んで、西田へと渡すことができる。

「それを繰り返して、自分の陣地の札が先に全部なくなった方が、勝ち」

説明の途中で、とつぜん、駒野が立ち上がった。

かばんを肩にかけ、教室から出ていこうとする。

「……机くん？」

千早が不思議そうに駒野を見る。駒野は、小ばかにするように、首をすくめた。

「あと十一秒でここを出ないと塾に間に合わない」

「いや、でも……もっともっと、練習しないと」

「忘れたの？　僕はあくまで部員のフリをしてるだけで、別に真剣にかるたやりたいわけじゃやな」

話の途中で容赦なく会話を切り上げると、駒野は踵《きびす》をかえし、せかせかと立ち去っていった。どうやら十一秒たったらしい。

去っていく駒野の背中を、西田と太一は、引き止めるすべもなく見送った。

「どうするよ、机くん。やっぱり他探すしかないか？」

「他って言っても、もう他に部活入ってない奴いないしなぁ」

顔を見合わせてため息をつく。

千早は、駒野を追いかけた。

「机くん！」

急ぎ足で歩いていく駒野の背中に向かって叫ぶ。

「あたしは机くんじゃなきゃヤだ！　あたしたちには机くんしかいない！」

駒野の歩く速度が、少しだけゆっくりになった。千早はなおも叫ぶ。

「合宿に来て！　絶対来てね！」

追いすがってくる千早の声から逃げるように、駒野は再びスピードを上げて、足早に歩いていってしまう。

あとから追いかけてきた奏が不安げに、千早に声をかけた。

「机くん、大丈夫ですかね……」

六月の、高校かるた選手権大会東京都予選には、もう申し込みをすませてしまった。団体戦は、五人で一チーム。みんながそろわないと、チームじゃない。

「大丈夫だよ。……きっと大丈夫」

千早は自分に言い聞かせるように、うなずいた。

校門前の並木道がすっかり葉桜になり、ゴールデンウィークに突入した。

合宿中、瑞沢かるた部は、府中《ふちゅう》白波会の練習に混ぜてもらえることになった。分梅神社の社務所内には、大きな和室の広間があり、そこで朝から晩までかるたを練習するのだ。

連休初日の朝、瑞沢かるた部の五人は、社務所の玄関に集合した。広間では、白波会の面々がすでに集まって、札を払う練習をしている。

千早はほかの部員たちと一緒に広間に入ると、前に立って声をかけた。

「府中白波会の皆さん！　今回合宿に参加させて頂きます、瑞沢高校競技かるた部です。よろしくお願いします！」

五人が頭を下げると、白波会の人たちも「よろしくお願いします」と、正座のまま頭を下げた。

「いらっしゃい」

原田先生が、笑顔で迎えてくれる。

「私と太一のかるたの師匠、原田先生」

千早が紹介すると、奏と西田、駒野が、「よろしくお願いします」と頭を下げた。

「この道四十年。今も、名人目指してまーす」

原田先生がおどけて言う。

「ちなみに、この分梅神社の神主《かんぬし》さんね」

と、太一がつけたした。

「そしてこれが、原田先生も一緒に考えてくれたスペシャルメニュー！」

千早が、大きなホワイトボードを引きずってきた。そこに貼られた模造紙には、五人全員分のスケジュール表が手書きされている。

早朝ランニング。午前中に二試合。またランニングをして、午後に三試合。夕食後にも二試合。

朝から晩まで、みっちり予定が詰まっている。一日に七試合をこなすスケジュールだ。

一試合で読まれる歌は多ければ百首。一試合しただけでも、終わるころにはヘトヘトになっているのに、それを一日に七回も？　太一もたじろいだ。

「こりゃーいくらなんでも……一試合一時間半くらいかかるんだぜ？」

西田が引きつった顔でつぶやいたが、千早は意に介さない。

「大会を勝ち進むと、一日何試合もするよ。それを戦い抜く体力を作るの。じゃ、まずは奏ちゃん！」

「へいっ……」

急に指名され、奏の声は裏返った。やろっ！　と、千早に手を引かれて、連れていかれる。

千早特製合宿スケジュールによると、奏の一試合目は千早とだ。

「やるぞ、駒野」

ぽんと肩を叩かれ、駒野もあきらめたように、太一についていく。

「よし。じゃ、一試合目始めるからみんなも準備して」

坪口さんの掛け声に、「はい」と返事をして、白波会のメンバーも、各自、自分の位置に着いていった。

あれ、俺の相手は？　と言いたげに、きょとんと立ちつくした西田の肩を、原田先生が引き寄せた。そのままずかずかと歩いていく。西田の初戦の相手は、いきなり原田先生らしい。

いやん、と西田は口の中でつぶやいた。

一試合目。

太一は、駒野と向かい合い、自陣に札を並べて準備した。

駒野は、合宿に、ちゃんと来た。合宿なんてムダだとかなんとか言って、来ないかもしれないと危惧《きぐ》していたけれど。

「来ないかと思ってた」

太一が言うと、駒野は「フリだって言ってるだろ」と、冷ややかに答えた。

「そうだったな」

フリだろうとなんだろうと、来てくれないよりは、ずっといい。

札の配置の暗記に集中しようと、太一が畳に顔を寄せると、駒野が迷いながら言った。

「それに……初めてだったから」

「なにが？」

と、駒野を見上げる。

「『僕しかいない』って、言われたのは」

太一は駒野の顔をぐるりと眺め、小さく笑った。

こいつも、千早のほとばしる熱意に、引っ張られた一人か。


「はぁっ……はぁっ……」

西田は荒い息をつきながら、駒野とともに分梅神社の階段をなんとか上っていった。

午前中に二試合目をこなしたあとは、ランニング。

河川敷でも走るのかと思ったら、まさか階段を延々と上り下りさせられるとは、マジかよ。

がんばれー、と通りすがりの小さな女の子が、お母さんと一緒に手を振ってくれた。ありがとう。でも、運動が得意とはいえない西田には正直つらすぎる。

このバカ長い階段を、もう何往復しただろう。千早と太一は、遥か先。体力不足の西田と駒野は、完全に置いていかれてしまった。

手すりをつたいながら一歩ずつ上っていく西田の真横を、奏が、息を切らしながら追い抜こうとしていた。奏も体力がある方ではないのだが、気持ちひとつで、千早と太一の背中を必死に追いかけている。

奏の姿を見送っていた西田が、少しずつ真顔になっていく。

走るのが苦手な奏がこんなに頑張っているのに、自分だけヘロヘロになっているわけにはいかない。

「あぁ――――！　ほわー！　ほわー！」

奇声を上げながら、西田は残りの力を振り絞って、階段を駆け上がった。

へばっていた駒野も、負けじと付いていく。

ランニングが終わったら、次は……千本ノック。

千本ノック？　かるたで？

「千本」というのは比喩《ひゆ》かと思っていたが、違った。文字通り、千回札を払うのだ。

二人一組になって、一人がもう一人の目の前に札が並べる。その札を、ザッと払う。また並べられる。ザッと払う。〇・一秒でもはやく。その繰り返し。

要は素振りなのだが、これがまた体力を使う。

それが終わったら、また試合。

一日七試合は、かるた経験者の西田にとっても、めちゃくちゃキツい。

夕方になるころには、体力も精神力も尽き果てて、五人はくたくたになっていた。

＊

みんなで夕食の準備が始まった。

太一は、千早と奏とともに、社務所にある台所に立っていた。今日のメニューは、ちらし寿司だ。

ふと横を見ると、千早がキュウリを切ろうとしている。包丁の持ち方がおかしく、今にも自分の指を切りそうだ。

「お前、危ない……」

「大丈夫、大丈夫！」

「いいから代われって」

太一は、とんとんと、きれいな包丁さばきでキュウリを輪切りにしていく。

「大丈夫だってば！」

千早が食い下がるが、「お前、器用じゃないんだから」と一蹴した。

「猫の手やってんじゃん！」

「なんだよ、猫の手って……」

やいのやいの言い合う二人に、奏がやんわりと声をかけた。

「じゃ、千早ちゃん、玉子準備してもらっていいですか？」

「はーい」

ふてくされつつ冷蔵庫の扉を開けた千早は、すぐ後ろにいた奏に気付かず腰を引いて、お尻を奏にドンとあててしまった。

「うわっ、ごめん！　大丈夫？」

「ごめんなさい。大丈夫です」

狭い台所に三人もいるので、窮屈だ。

奏は、切ったトマトを器に盛って、居間に入った。畳の上に座り込んだ西田と駒野が、テーブルの上の酢飯をうちわであおいでいる。

「あ、これ千早ちゃん？」

奏が、ふと、壁にかかった写真に目を留めた。

そーそー、と千早が台所から返事をする。

長押《なげし》の上に、額縁に入った写真が飾られていた。「全国小学校　競技かるた　団体選手権」という看板の隣で、黄色いTシャツを着て肩を組む、二人の少年と一人の少女。後ろには、原田先生もいる。

真ん中の少女には、千早の面影があった。大きなぱっちりした目といい、すっと通った鼻筋といい。

よく見ると、三人の着ているTシャツには「チームちはやふる」と書かれている。

「ってことは、隣にいるのが真島か」

西田が写真を見上げて言った。

「あれ？」

と、奏は首を傾げた。「じゃ、このもう一人誰だろ……？」

「綿谷……」

西田が、ふと、つぶやいた。台所の方をふりかえって、「これ、綿谷新だろ？」と、千早たちに確認する。

うん、と太一が短く答えた。

「誰ですか？」

と、奏。西田はフフンと鼻を鳴らすと、自分のことのように得意げに語りだした。

「競技かるた史上、最強とうたわれた、綿谷名人の孫だよ！ 一時期、東京にいたんだっけか」

そうだよ、と千早。

「でも、一年ぐらいしかいなかったけどね」

太一が付け加える。

「新さん……も、強いんですか？」

「そりゃあもう。なんせ永世名人の孫だからね」

はぁー、と奏は感心したように、ため息をついた。

「小学生の全国大会で毎年優勝してた。ちなみに毎年準優勝してたのは……」

もったいぶって言うと、西田はぐっと親指で自分の方を指さした。

ふふ、と奏が笑う。

「肉まんくんも、その頃から強かったんですね」

「まあね。かるたの神童って言われたぐらいだから～」

「でも二位だったんだよね」

駒野が、姿勢よくパタパタと酢飯をあおぎながら、ぴしゃりと言う。

一瞬かたまった西田は、気を取り直して、言い直した。

「府中の稲妻って言われたことも……」

「でも二位だったんだよね」

ぐーっ、と言葉に詰まって、駒野に噛みつく真似《まね》をする西田。

奏がやんわりフォローした。

「でも、肉まんくんに勝つんだから、新さんって人は相当ですね」

「あの奏ちゃん、さっきから、肉まんじゃねーから」

千早のせいで、もうすっかり「肉まんくん」のあだ名が定着しているが、西田はことあるごとに強く訂正していた。

奏は、首をすくめる真似をした。

千早が、台所から居間の方をふりかえって、からかうように言う。

「太一はねぇ、眼鏡なしの新にも敵《かな》わなかったんだよね。新、目すっごく悪いのに」

切った材料を皿に移そうとしていた太一は、そのままの姿勢でぎくりと固まった。

「……そぉ、だっけ？」

「何それ。ハンデでもつけたの？」

と、駒野が抑揚のない口調で聞く。

「国語の授業でかるたやって、太一と新の決勝戦の時に、新の眼鏡がなくなっちゃったの」

「それ、真島が隠したんじゃねーの」

冗談めかして言った西田を、千早は笑い飛ばした。

「そんなズルいことしないよ、太一は」

「……ああ」

うなずいた太一の声は、ぎこちない。

「ほんとかよ！　ぜってーあいつの仕業だよ」

西田がまぜっかえした。

「肉まんくん！　何で信じないの？」

「いやいや、あいつはやるよ。やるタイプだよ〜」

「太一はそんなズルくないよっ」

冗談半分の西田と、むきになっている千早に背を向け、太一は黙って野菜を刻んでいた。


夕食を食べたら、さらに二試合。

白波かるた会の先輩、坪口との一戦を終えた太一は、試合をふりかえってお互いに意見を言い合う「感想戦」をしていた。隣には、奏と原田先生の姿もある。

「十五枚差か……」

相手の坪口は、ベテランだ。十五枚差でも十分健闘と言えるのだが、太一はがっくりと、肩を落としていた。

「いやあ、だいぶ強くなってるじゃん。でもね……」

坪口が、言い淀《よど》む。原田先生も、しぶい顔だ。

「まつげくん、反応は悪くないんだけどな。肝心なところで流れが来ないなぁ。別れ札もことごとく外してるし」

「それはどういう？」

怪訝そうに聞いた奏に、坪口がためらいながら答えた。

「なんていうか、一言で言えば、運がないんだな」

「つまり、部長にはかるたの神様がついてない？」

奏が、するっと重いことを言う。

「いや、まあまあ、そこまでは言わないけど……」

と坪口があわてて首を横に振るが、太一は苦笑いした。

「日頃の行いが悪いんじゃないか？　この色男め！」

原田先生が冗談めかして太一の腰を撫でるようにする。

「いや、そんなことないですよ！」

太一は笑いながら、先生の手から逃れた。

残った手札をじっと見つめていた坪口が、おもむろに口を開く。

「『ちはやぶる』の札、ガンガン狙っていってるよね」

「え？」

「これが全ての原因な気もするな」

「ああ……」

そっか、と太一はつぶやいて、札に目を落とした。

確かにそうかもしれない。この札にこだわりすぎて、ほかに目が行かなくなっているのかも。

「『ちはやぶる』って言えばさ」

と、坪口がなにげない口調で言う。

「太一くん、やっぱり千早ちゃんと同じ高校にしたんだね。よかったじゃん、一緒になれて」

ぎゃっ。

「いや……ちょ、ちょっと」

「何ですか……それは？」

奏が目をまんまるにして、太一と坪口の顔を見比べる。

「去年の秋だっけ？」

「つ、つつつつ、坪口さん……」

「駅で太一くんとばったり会ってさぁ。千早ちゃんが、瑞沢行くっていう話、したんだよ」

「坪口さんっ！」

確信犯かとも思ったが、坪口は「え？」ときょとんとしている。

「だから、瑞沢にしたんだろ？」

あぁ――――――――、もう……。

よりによって、奏に聞かれてしまった。

「なんですって……！」

すっかり大興奮の奏は、目をパチクリさせながら太一をじっと見つめ、それから千早に目を向けた。

千早は、対戦を終えて、爆睡しているところだ。すぴー、すぴーと、すっかり聞き慣れた寝息が聞こえてくる。ここからは見えないが、どうせまた、白目でも剝いているのだろう。

坪口とその話になったとき、しっかり口止めしたはずなのに。

口止めされたことだけきれいに忘れているらしい。悪気ない顔で太一を見つめ返す。

言わないって言ったのに……くそー、坪口さん、あ————！

その晩、太一は、なかなか寝つけなかった。

*

夜になり、男女別々の部屋に分かれた。

千早は奏とまくらを並べて、ひそひそとおしゃべりに興じている。

「昔からね、太一と新と、よくここに泊まってたんだぁ」

「へえ、そうなんだ」

奏は黄色い肌襦袢《はだじゅばん》を、寝間着にしている。

「太一の寝言、ちょおおウルサイから。あたし全然、寝れなくて。なのに新は、スースー寝てたなあ……」

なつかしげに小学生時代を語る千早に、奏が聞く。

「あの……『ちはやぶる』を千早ちゃんの歌だって言ったのって、その新さんて人？」

「え」

なんで、分かったんだろう。

千早は枕を抱え込んで、「そうだけど……」と控えめに肯定した。

「どんな人なんですか？」

聞かれて、千早は、長押に飾られた写真に、目をやった。「チームちはやふる」のTシャツを着た新の顔が、月明かりに照らされていた。

新が、どんな人かって？

「……熱」

千早は、ぽつりと、つぶやいた。

千早にとって、新は、情熱がほとばしっている人だった。

生まれて初めて、かるたをする新を見た瞬間のことを、千早はきっと一生忘れないだろうと思う。

新が払ったかるたは、ふすまを的にして、びゅんっと弓矢のように目の前を飛んでいった。

「やばい、また刺さってもた」

当たり前のことのように言って、ふすまに刺さったかるたを取りに行く新に、千早は度肝を抜かれたのだ。

確か、読まれた歌は「嵐吹く　三室《みむろ》の山の　もみぢ葉は」。

小学六年生の二学期。ちょうど国語の授業で、百人一首をあつかっていた時期だった。百人一首の暗記の宿題が出ていて、新の家に遊びに行った千早は、かるたに誘われた。それで、軽い気持ちで臨《のぞ》んだら、かるたがふすまに刺さるところを目《ま》の当たりにしたのだ。

「しらつゆに　かぜのふきしく　あきののは――」

「おとにきく　たかしのはまの　あだなみは――」

「ふくからに　あきのくさきの　しおるれば――」

次に何の歌が読まれるのかを、まるであらかじめ知っているかのように、新はものすごい速さでかるたを払っていった。

「何なのあんた！　鬼強《つよ》じゃん！」

「……一人で、ずっと、練習してたから」

答える新は、息を切らしていた。かるたで、息が切れるのだということも、このとき千早は初めて知った。

「一人で？」

「かるたで名人になるのが、俺の夢なんや」

「夢って……なんで？　なんで名人？」

「だって」

新は畳に手を突いたまま、まっすぐに千早を見上げて答えた。

「かるたで日本一になれば、それは世界で一番ってことやろう？」

「世界で……一番……」

かるたで、世界一に。

その言葉には、なんだか途方もなく果てしなくて、でもいつかきっとたどり着けるような、そんな響きがあった。

＊

奏は、千早の話に、すっかり聞き入っていた。

「何かで世界一になろうなんて、そんなこと考えたこともなかったから……なんだか……胸がドキドキして、きゅ～～ぅ、ってなっちゃって……」

天井を見つめながら話す千早の横顔を、奏はちらりと盗み見る。そして、くるまった布団に顔をうずめ、「うっかりハゲ……」と小さくつぶやいた。

憂かりける　人を初瀬の　山おろしよ　はげしかれとは　祈らぬものを

好きな人に想いが届かない、とっても切ない片想いの歌。

「あんな気持ちになったのは、初めてだったなあ」

ため息まじりにつぶやく千早の切なげな表情に、奏は心を揺さぶられた。

千早にとって、綿谷新はきっと、特別な人。

でも、綿谷新は、遠く離れた福井にいる。

そして、太一は、千早と一緒に高校に通いたいから、瑞沢高校を受験した。

うーん、とても切ないですっ。奏は胸を痛めた。

「ぶちょぅ……」

太一を思い出し、奏はふとんの端をギュッとにぎりしめて、身もだえした。

*

合宿、三日目の朝。

千早は、奏と駒野とともに、畳の広間に正座していた。

「合宿三日目は腕試しとして、まつげくんと肉まんくんには、大会へ行ってもらった」

原田先生が告げる。「いいなぁ！」と、千早がうらやましそうに叫んだ。

「あたしも行きたかった！」

「金欠とはぬかりましたね、千早ちゃん」

「そうなのーっ！」

叫ぶと、千早は奏の目の前で、持っていたスポーツタオルをがばっと広げた。

「原宿《はらじゅく》限定おめかしダディベアタオルさえ、買わなければ行けたのにっ！」

タオルには、千早のスマホケースとおそろいの、怪しい目つきのクマのキャラクターが描かれていた。

「いやいやいや、ちゃんと意味があって千早ちゃんには残ってもらったんだよ」

そう言うと、原田先生は「ほら」と、広間の後ろに立つ男子を指さした。

面長《おもなが》で、細身の人。伏し目にしていてもわかる、鋭い目つき。

「須藤暁人《すどうあきひと》くんだ。彼が所属する北央学園《ほくおうがくえん》競技かるた部はだな、何度も全国大会出場を果たしている強豪の中の強豪だ」

ということは、地区予選で戦う可能性が高い。

千早は、じっと須藤を見た。視線に気づいた須藤が、千早の方にちらりと目を向ける。

原田先生の計らいで、千早は早速、須藤と試合をすることになった。

互いに向きあって座り、礼を交わす。

「よろしくお願いします」

下げた頭を上げるとき、ごつんとなにかが後頭部に当たった。

すぐに、須藤のアゴに頭突きをかましてしまったのだと気づいて、千早は「すみません」と謝った。

須藤の目が、すうっと細くなる。

「『ごめんなさい』は？」

横柄な口調。千早は呆気に取られた。

「……は？」

「『ごめんなさい』、は？」

「いや……すみませんって言いましたけど」

「『ごめんなさい』じゃないと泣かす」

えっ、なにこの人……。

ドン引きして言葉を失っていると、須藤の隣に座っていた男子が、話に割り込んできた。

「はいっ、頂きました！　須藤のSはドSのSっ。そこんとこ、よろしく！」

「木梨《きなし》、戻れ」

すぐさま須藤に短く命じられると、その男子は「はいっ」と犬のように自分の位置に戻った。木梨は須藤の取り巻きなのか。相手は駒野だ。

「ドS……？」

なんだかよく分からないが、ぞくっと悪寒《おかん》がするような、いやな感じがした。

＊

新は家の畳に座り込んで、ため息をついた。

何度かけてもつながらない電話をあきらめ、受話器を置いたところだった。相手は父親だ。

「何しとるんやろ、父さん。朝の八時には帰ってくるって言ってたのに」

「夜勤やし、色々とあるんやろ」

なだめるように、じいちゃんに言われる。

今日、新は、金沢《かなざわ》で行われるかるた大会に出場する予定で、父親に車で送ってもらうことになっていた。そろそろ家を出ないと間に合わない。だが夜勤が終わる時間になっても父は帰ってこなかった。このままでは、一年に一度の昇級のチャンスを逃してしまう。しかし、頭に爆弾を抱えた祖父を家に残して、出かけるわけにはいかない。

新は、介護ベッドの隣に膝をついて、じいちゃんと目線を合わせた。

「じいちゃん……やっぱり今回もやめとくわ」

「大丈夫や」

祖父がにっと笑って、自分の頭を指さした。「ここんとこずっと大人しいもんや」

「でも……」

「強うなりたいんやろ?」

かるた札を払うみたいに、遠慮の下の本音を言い当てられ、新は顔をあげた。

「東京ん友達に、胸張って会うために」

うん、と小さくうなずいた新の顔を、じいちゃんは正面から見つめた。

「行ってきねの。なんも心配いらん」

じいちゃんはかつて、かるたで強さを求めて、頂点に立った人間だ。その目に宿る強い光に背中を押され、新はゆっくりとうなずいた。

「……はよ終わらせて帰ってくる」

そうと決まれば、急がなければ。

足早に玄関に向かう新の背中に、じいちゃんが声をかける。

「新、イメージや！」

しんどい時には、かるたが一番楽しかったころを思い出す。かるたが楽しいと思えれば、自分の百パーセントの力が出せる。それが祖父の教えだった。

新は小さく笑ってうなずくと、大会へと発《た》った。

＊

太一は西田とともに、見知らぬ金沢の地で、かるた大会の会場である公民館を目指していた。道案内はスマホのナビゲーションアプリだ。

「この辺なんだけどさ……あ、あれだ」

出場者らしき人たちが、みな、同じ建物へと入っていく。入口には『全国競技かるた　北国吉野《ほっこくよしの》大会』と筆書きされた看板が出ていた。

「よし！」

小さく深呼吸して気合を入れたら、「お前緊張してんの？」と西田にからかわれた。実際ちょっと緊張していたが、「してねえよ！」と強がってごまかす。

会場に入っていく人の中に、見覚えのある顔を見つけ、太一は稲妻に打たれたようにその場に立ち尽くした。

「あたっ」

急に止まった太一の背中に、西田が激突したが、西田なんて気にしている場合じゃない。

会うのは何年ぶりだろう。

「……新？」

綿谷新がいた。

——かるたをやってれば、また会える。

千早の言葉が蘇る。

「太一？」

新も、目を丸くして、足を止めた。

なつかしい。語尾が上がり気味になる、福井のイントネーション。

西田が太一の背中からのぞきこんで、素っ頓狂な声をあげる。

「新って……綿谷新?!」

あぁそうか。西田はいつも、小学生の全国大会で新と戦っていたんだっけ。

新もどうやら、西田に見覚えがあるらしく、「えっと確か……」と記憶を探っている。

「に……？」

新が、どうにか、最初の一文字を思い出した。

「に！」

西田が嬉しそうに、畳みかける。

「に……にく——」

ちがうちがうちがうちがうちがう、と西田が必死で首をふった。

新が再び、記憶を探る。

「……にく……にく……」

「西田です！」

変なあだ名が定着する前に、西田は進んで自己紹介した。なぜ毎回、肉と関連付けられるのか、「に、肉……!?」と困惑してつぶやいている。

太一は、一歩新の前に進み出た。

「来てたんだ」

うん、と新が明るくうなずいた。


新も、選手として出場するらしい。

受付をすませ、試合が始まるまでの時間、新は太一とテラスで時間をつぶしていた。

「千早にお礼言っといてや。電話くれんかったら、今日、出ようと思わんかったかもしれん」

「自分で言えばいいじゃん、そんなの」

太一はぶっきらぼうに言った。

「いや、でも……」

新が言いづらそうに目を伏せた。

「付き合ってるんかなと思って」

はぁ？

あまりに予想外のことを言われ、太一は言葉が出てこなかった。

付き合ってる？　俺と、千早が？　お前の目には、そう映ったのか？

「俺、離れてるからわからんくて」

「いやいやいや」

太一は慌てて、首をふった。

「付き合ってないから」

「ほうなんか？」

新が、どことなくほっとしたように、聞き返す。

うん、と太一は小さくうなずいた。

「間もなく開会式を始めます！」

スタッフが呼びかけてまわっている。

新はポケットから、紙切れを出して、太一に渡した。

「これ、俺の携帯」

「あぁ、ありがとう」

そういえば、この間千早が新に電話をしたときは、自宅の番号にかけていたな。

「千早にも教えといてや」

そう言い置くと、新は開会式の会場へと、向かっていく。その後ろ姿を見つめながら、太一は、すうっと首のうしろが冷たくなるのを感じた。

本当のことを言えば、太一は、あんまり新に会いたくなかった。

再会の喜びより、もっと大きな黒い感情に支配されてしまうと、分かっていたから。

長い間封印していた、後ろめたさと劣等感が、影のように心に差し込んでくる。

向き合いたくなくて、忘れたふりをしていた、小さなころの、小さな罪。

——新の眼鏡を、隠したこと。

小学六年生の時、校内で行われた百人一首大会。

隣で試合をする新が払ったかるたが、ぺちんと太一の頬にあたった。

札が飛ぶような勢いでかるたを取っているのは、新だけだった。

「ごめんの、真島くん」

飛ばした札を取りにきた新の顔が、悔しくて見られなかった。

それまでは、何につけても、クラスの一番は常に太一だったのだ。勉強も、スポーツも、人気も。一番でいるために、ずっとずっと、努力してきた。かるただって、百首を学年で一番早く暗記したのは、太一だった。

それなのに。

——すごいね、新くん。

——でしょ。

千早が、ほかの女子と話す声が聞こえてくる。千早の声は、まるで自分のことのように、誇らしげだった。

新の強さは圧倒的だった。

このまま試合が進めば、いつか太一は新と当たる。そしたら、絶対に負ける。そう思った。

だから、盗《と》ったのだ。

新の眼鏡。

試合の休憩時間、新は水道で顔を洗っていた。眼鏡は、窓辺に置かれていた。それを、太一は窓の外から手を差し込んで、そっとくすねた。

驚くほど、カンタンだった。

盗んだ眼鏡を持って立ち去ろうとしたとき、まるで太一の行為をとがめるように、強い風が吹いた。

足を止める。校内に作りつけられた小さな祠《ほこら》が、ふと目に入った。

心がざわつく。罪悪感が、ひたりと心に染みていく。

それでも、太一は眼鏡を戻さなかった。ポケットの中に隠して、なにくわぬ顔で試合に戻った。

――つまり、部長にはかるたの神様がついてない？

そうだよ、大江さん。

俺は、あの時、かるたの神様から見放されたんだ。


金沢大会。太一の試合は、運命戦になった。

運命戦は、自陣と敵陣、それぞれお互いに最後の一枚だけになった状態。

こうなるともう、どちらの札が先に読まれるかで、勝敗が決まると言っていい。

誰だって、自分の手元にある札を押さえる方が簡単だからだ。

太一に残ったのは、「ちはやぶる」。決まり字は「ちは」。

相手に残ったのは、「あしびきの」。決まり字は「あし」。

ただし、空札《からふだ》がまだたくさん残っている。

百人一首のかるた百枚のうち、陣地に並んでいるのは半分の五十枚のみ。しかし、読手は百枚の中からランダムに読んでいくため、だいたい二分の一の確率で、場にない札が読まれることになる。これが空札で、札に触れてしまったらお手つきになる。

ぴんと張り詰めた空気の中、読手がすっと息を吸った。

「──み」

最初の一文字が「み」だと脳が認識するより先に、太一も相手も、自陣の札を手で囲って守った。

運命戦になったら、お互い、やることはひとつだ。

自陣の札を手で囲い、相手に取られないようにする。

そして、自分が待ち受ける歌が読まれたら、そのまま札を押さえる。違ったら、手を離す。

「ちのくの──」

みちのくの。空札だ。

ほうっと身体の力を抜いて、太一は囲み手をゆるめる。

ハー、と荒い息をついた。汗がこめかみを滑り落ちる。

これでもう三枚連続の空札だ。緊張が解けず、気力と体力が消耗する。

「ちはやぶる」が読まれたら、太一の勝ち。「あしびきの」なら、相手の勝ち。

勝敗は、運に任せるしかない。運命戦と呼ばれる所以《ゆえん》だ。
太一のもとに、たった一枚残った、「ちはやぶる」の札。
下の句は「からくれなゐに　水くくるとは」。
来い……。
太一は目を閉じて集中した。
「みだれそめにし　われならなくに――」
読手の声がのびやかに響く。
余韻が消え、上の句が読まれる。太一は祈った。
――「ちはやぶる」、来い!!

試合が終わった。
太一は、一礼して立ち上がると、次の試合の準備でにわかに騒々しくなった試合会場を抜けてロビーへ出て、首からさげたタオルを椅子に思いっきりたたきつけた。

へたりこんでいると、西田が来た。

「ヘイヘ〜イ！」

一応気を遣っているのか、やけに明るい声だ。太一も西田もともにB級だが、振り分けられたグループが違ったので、試合で戦うことはなかった。

「お前、本当に運命戦に弱いな。いい加減、原田先生にでもお祓《はら》いしてもらえよ」

「うるせーよ」

結局、最後に「ちはやぶる」は来なかった。

「あしびきの」の歌が読まれた瞬間、対戦相手は、囲い手をそのまま畳に押し付けて札を取り、敗北を知った太一は、長いため息とともに囲い手を解いた。

「まだ電車あっから、先帰っていいぞ。まあ俺は、綿谷新との決勝戦があるから」

太一は、西田の方を見た。

そうか。西田は、新と決勝をやるのか。

「あいつとやるのは小学生以来かぁ。成長した俺を喰《く》らわしてやる！」

ぶんぶんと腕を回して、西田ははりきっている。

持っていたティッシュボックスから、一枚取って太一に差し出すと、へらっと笑った。

「泣きたきゃ泣けよっ」

うるせえ。


西田と新の試合は一方的な展開をみせた。

新が、やはり段違いの強さを見せつけたのだ。

新の動きに大きく遅れた西田が、空ぶりの勢いあまって畳の上に倒れこんだときには、もう新は札を取りに腰をあげている。

有利なはずの自陣の札をあっさりと取られ、札を送られて、西田は唇をかみしめていた。汗びっしょりになっている西田に比べ、新はどこか涼しげで余裕すらありそうだった。

「圧巻やの、綿谷新。さすが名人の孫だな」

「相手の子も、実力は十分A級レベルやのに、今回は相手が悪すぎぎや」

聞こえてきた観客たちの会話に、太一も頷《うなず》いていた。

新が強すぎる。速いだけでなく、配置や送り札に一貫性があり、戦略の上手さが感じられる。

それに、札をにらむ、あの目。傍《はた》から見ていても身体がすくみそうになるほど、眼鏡の奥の目は鋭く、そして澄んでいた。

——かなわない。

四年前に思ったのと同じことを、太一は改めて思い知らされた。

西田が新を相手に苦戦していたその日、千早も須藤を相手に、じりじりと攻めあぐねていた。

須藤の囲い手は巧みだった。千早が決まり字を聞きとるより早く、須藤が囲い手で札を守ってしまうのだ。そして、決まり字を聞くや否《いな》や、囲った札を取るか別の札を狙いにいくか、瞬時に判断して反応するのだった。

慣れない相手を前に千早はペースを乱され、どんどん差をつけられていた。

取った札を、見せつけるように重ね、須藤はサディスティックに唇の端を上げた。

「『ごめんなさい』って、言わないから……」

須藤はぼそりと言った。こんな嫌みを言うような人に、負けたくない、のに――。口惜《くや》しいけれど、現時点での千早の実力は、須藤に及ばない。

隣では、駒野が、同じように北央学園の木梨を相手に大差をつけられている。

「須藤さんの囲い手、すごいだろ。でも君、人のこと心配してる場合？」

得意げに木梨が駒野を挑発した。

差は縮まらないまま試合は続き、結局、千早は須藤に大差で負けてしまった。

「ありがとうございました」

お互いに、頭を下げ合う。

隣の駒野も、とっくに木梨に負けて、試合を終えていた。

札をまとめた須藤が、立ち上がり、冷ややかに千早を見下した。

「ただのかるた仲良しクラブだな」

吐き捨てるように言って、隣の駒野にもちらりと目をやる。

「この程度のメンバーで優勝目指そうなんて、俺たちも舐《な》められたもんだ」

千早はうつむいたきり、顔が上げられなかった。

木梨が素早く前へ出て、

「須藤さん、いま彼女いるからな！　早まんなよ」

とんちんかんなことを言うと、さっと須藤の背後に回った。

＊

ゴールデンウィーク明けの、瑞沢高校。

駒野は、クラス中の注目を集めていた。机の上に置いたタブレットのキーボードを、猛烈に打ち込んでいるのだ。その指の動きは速すぎて見えない。

「あ、いた！　机くん！」

奏があわてた様子で、駆け込んできた。

「机くん！　なんだかみんなの様子がおかしいんです！」

「え、え？　ちょっと」

なんだなんだと戸惑いつつ、腕を引かれるがまま、駒野はタブレットを小脇に抱えて立ち上がった。

連れてこられたのは、かるた部の部室だ。しかし、いつもと様子が違う。

まず、畳の上に、西田がぐだっとうつぶせになっていた。机の上には、千早がべたっと頭を伏せている。太一は黒板にうだっともたれかかり、脱力していた。

三人とも、廃人のごとく覇気を失っている。

「みんなどうしたの？　練習しないの？」

「なんか、何をどう練習したらいいんだか」

駒野がせきたてると、千早がぼんやりとつぶやいた。

「ほんとだよね……」

西田が同意する。太一は無言だ。

須藤に、新に、運命戦に。三人とも、それぞれ別の相手に叩きのめされて、すっかり戦意を失ってしまっているようだ。

しかし、だ。この弱小かるた部に、落ち込んでいる時間などない。

カンカンカンカンカンカンカン！！！

駒野は、転がっていたバケツを、ホウキの柄《え》で思いっきり叩いた。

「うわぁー！　なになに？」

千早が飛び起きる。

「みんな何言ってるの。自分よりも強い相手がいないとでも思ってたわけ？」

駒野は檄《げき》をとばすと、タブレットを片手に、ぐっと千早に迫った。

「綾瀬っ！」

「はい！」

思わず、千早の背筋がぴしっと伸びる。

「飛び出しが早いぶん、お手つきも一番多い。お手つきは無条件で二枚差つくから、それじゃ勝てる試合も勝てないよ？」

「はひっ」

剣幕に押され、千早の声が裏返る。

続いて、駒野は、太一の方を見た。

「真島っ！」

「はい！」

今度は太一の背筋が伸びる。駒野がつかつかと歩み寄った。

「真島は素振りを全くしないよね、恥ずかしがってる場合じゃないよ。札との距離感をもっと身体に叩きこんで！」

「はい……」

うなだれた太一の次は、西田だ。

「肉まんくん！」

「はい！」

「肉まんくんは女の子が相手だと、ひっじょ――に勝率が下がる。かるたに男女の区別はないんだから、鼻の下伸ばす前に手を伸ばして」

図星だった。西田が涙目になる。

満足げな駒野が手にしているタブレットを、奏が不思議そうに覗《のぞ》きこんだ。

「机くん、これは何ですか？」

「かるたアプリ作ったんだ」

アプリを作った？

みんなが、駒野のもとに集まってタブレットを囲んだ。駒野は鼻を鳴らして、画面をスワイプする。画面が切り替わり、千早の対戦データが表示された。条件ごとの勝率や、敗因の割合など、分かりやすく数値化されている。かるたアプリというより、駒野特製かるた部アプリだ。

「すげえ……！」

太一が絶句した。

千早はもう、大はしゃぎだ。

「すーごい、机くんっ！　ねえ、もっとあたしのこと教えてよ」

ふふふふ、と駒野が微笑む。

「だーから言ったろ、真島！　机くんかるたに向いてるって！」

なぜか西田は、自分の手柄のように得意げだ。

西田に肩を抱えられ、千早に身を寄せられて半ばもみくちゃになりながら、駒野は「くすぐったいよ」とはにかんだ。

画面を切り替え、千早の詳細な対戦データを表示すると「おぉ――――っ！」と歓声があがった。

大会まで、あと三十日。

部室にしている教室の黒板に残り日数を書き込んで、一日ずつ、カウントダウンをしていくことにした。

「29」、「28」、「27」……一日ずつ減っていく数字を見ると、焦りもするが、気合も入る。

ランニングと千本ノックは、全員で、毎日続けた。

残り日数が減っていけばいくほど、時間が惜しくなり、だんだんなりふり構わなくなっていく。

西田も奏も、下校時はぶんぶんと素振りをしながら帰宅するようになった。千早にいたっては、授業中にも素振りをしてしまい、振り上げた手を挙手と勘違いした先生に「はい、綾瀬さん」とあてられてしまう始末だ。

駒野は、休み時間に、札をめくりながらぶつぶつと決まり字を確認する「札流し」を繰り返して、クラス中の視線を浴びた。

休み時間の札流しは、太一もやった。

時間はいくらあっても足りない。

気づけば、予選大会は、七日後に迫っていた。

はー、はー……。

駒野は汗をぬぐい、岩場に足を突っ張った。息が切れる。

大会前の、最後の週末。体力がついたことを確認するため、瑞沢かるた部は、伊《い》豆《ず》まで登山に来た。

頭を使うかるた部に入ったはずなのに、どうして今、山を登っているんだ……？

そんな疑問が、今更のように駒野の頭をかすめる。

やたらと荷物が多いのも災いして、駒野は完全に、みんなから遅れていた。

疲れきった足がだるくて、思うように動かない。

もうみんなと行くのはあきらめて、休みながら行こうかな……。

弱気になってへたりこんだ駒野の前に、すっと、千早の白い手が差し出された。

……休んでる暇なんて、ないって？

手を握り返すと、ぐいっと引っ張り上げられた。

坂をのぼり切った先に、三人が待っている。

「行くぞ〜」

全員が、なぜか駒野のうしろにまわった。

「なになに？」

戸惑っていると、「せーの！」で勢いよく、背中を押された。

「わっ」

押されるがまま、小走りになる。千早が楽しそうな悲鳴をあげた。

頂上まであと少し。このまま駒野の背中を押しながら、みんなで一気に登ってしまう作戦らしい。

みんなで一気に坂を駆け上がる。

気分が高揚してきて、気付けば駒野はみんなと一緒に大笑いしていた。

次第に緑が多くなり、足元が柔らかな芝生に変わった。頂上までは、もう、すぐだ。

「あと、もうちょい！」

「頑張れ頑張れー」

「ムリムリ……っ」

わあわあ言いながら、ラストスパートをかける。

坂をのぼり切ると、急に、視界が開けた。


太一は息を呑んだ。

空いっぱいに青色が広がっている。

静岡の街並みが、遠く眼下に広がり、その先には霊峰富士《ふじ》がそびえていた。

「うおー!!」

西田が叫んで、駆け出した。千早があとにつづく。

新幹線の窓から見るのとは比べものにならない、ぐわっと目の前に迫ってくるような富士山。

「ヤベー!」

「ほーんと、めっちゃきれい!」

「行くぞー!」

大騒ぎしながら、千早と西田は先に走っていってしまった。駒野は離れたところで、石の上に腰を下ろして休憩している。

うるさいのがいなくなったところで、奏が改めて、富士山に向き直る。太一も隣に並んだ。

「田子の浦に、うち出《い》でて見れば、白妙《しろたえ》の」

奏がつぶやいた上の句を引き取って、太一は下の句を継いだ。

「富士の高嶺《たかね》に、雪は降りつつ」

「千年前も、あそこに富士山があったんですね。ずーっとずーっと、あそこにあったんですね」

語尾が震えたのでふと見ると、奏の頰には涙がつたっていた。

「大江さん、泣いてる……」

はっとした顔で奏は頰をぬぐった。それで初めて、自分が泣いていることに気づいたらしい。

「変ですか？」

「あ、いやいや」

「変ですよね。でも感動しちゃって……」

「本当に歌が好きなんだね」

太一が言うと、奏は嬉しそうに笑った。

「百人一首のことを考えると、時を超えても変わらない人の想いに、いつも圧倒されてしまうんです」

そう言うと、富士山に向かって、奏は手を合わせた。目を閉じ、ひたむきに拝んでいる。

……きっと、百人一首の神様は、こういう人を祝福するんだろうな。

「大江さん、俺、自分で分かってるんだ。俺がいつ神様に見放されたのか」

富士山をながめながら、太一はぽつりと言った。

霊峰を前に人が自分の小ささを思い知らされてきたように、美しいものを前にすると、自分の汚さが分かる。

あのとき握りしめた新の眼鏡の、ぬるいプラスチックの感触が、手のひらに蘇ってくるようだった。

「部長」

「ん？」

呼ばれてふりかえると、奏は、太一の胸にそっと手のひらを当てた。

「自分でわかってるなら、それで十分ですよ。きっと」

目を細め、奏はおっとりと微笑んだ。

その優しさが胸に染みた。でもやっぱり、かるたの神様が、こんなに優しい人をさしおいて自分を祝福するとは思えない。

「それと……」

先に立って歩き出していた奏が、ふりかえる。

「ん？」

「恋は、身近にいる者の方が有利だと思います。応援してますからっ」

奏は、ぐっとこぶしを握り締めて笑った。

恋は身近にいる者の方が有利って……。完全に、俺と千早と新のことを言っているような。

太一は咳払《せきばら》いをした。奏には、色々なことが、すっかりバレているらしい。ぜんぶ、坪口のせいだ。

日帰り登山も無事に終わり、時間はあっという間に流れた。

都大会予選は、いよいよ明日。瑞沢かるた部の面々は、今日も夜遅くまで居残って、練習を続けていた。

今は、駒野と太一、西田と千早の組み合わせで、練習試合の真っ最中だ。読手は奏がやっていた。

「ふじのたかねにゆきはふりつつ――もろともに」

奏の声が、部室に響く。「もろ」の決まり字で、みんなが一斉に動き出す。

「さっきの囲い手破り、力み過ぎ。もっと力抜いて。手首のスナップで」

「自陣はいいけど、敵陣を抜きに行く時はもっと突っ込んでいかないと取れないよ。思いっきり、身体ごと行かないと」

西田が千早に、太一が駒野に、それぞれ気づいたことをアドバイスする。

奏が、なにか気を取られたように、真っ暗になった窓の外を見つめていた。

「どーしたの、奏ちゃん？」

千早が聞くと、奏は暗闇を見つめたまま「静か……」としんみりつぶやいた。

「学校中で、私たちしかいないみたい」

「さすがに、この時間だもんな」

太一が言って、窓の外を見やる。

奏は、手に持ったままの札に、目を落とした。

「『もろともに』は、とあるお坊さんが一人孤独な修行に耐えていた時に詠んだと言われています。山に一本だけ咲いていた桜に向かって、一人ぼっち同士、仲良くしようって呼びかけた。ちょっと淋《さび》しげな歌ですね……」

そう言うと、「もろともに」の歌を、改めて読み上げる。

「もろともに、あわれと思え山桜……花よりほかに、知る人もなし」

下の句は、駒野も一緒につぶやいた。手のひらにのせた「はなよりほかにしるひともなし」の札を、重そうに眺めている。

「あたしは、ちっとも淋しくないよ」

千早の、凜とした声が響いた。みんなが、千早を振り返る。

「あたしには、強い絆《きずな》の歌に聞こえるな。あなたがいれば、あたしは頑張れる。だから、もっともっと深く分かり合いたいって」

千早はみんなの顔をぐるりと見回した。

「絶対勝とうね、明日！」

おう、と太一が片腕を振り上げる。

ハードな合宿や登山も、みんなで助け合って乗り越えてきたのだ。目的は、初めから一つだ。

勝つ。

みんなで、顔を見合わせて、笑いあった。

＊

最後の練習を終え、太一と千早は、夜道を並んで歩いていた。

明日はいよいよ、本番。全国高校かるた選手権の東京都予選だ。

緊張を紛らわすように、とりとめもない話を続けていたが、ふいに千早が改まって切り出した。

ん？　と顔を向けた太一に、千早は照れたように目を伏せて言った。

「ありがと」

「なんだよ」

「かるたを好きでいてくれて」

言われたこととは裏腹に、ぎくりと太一の顔がこわばった。

心にきざすのは、後ろめたさだ。

千早は太一の変化には気付かず、目を伏せたまま、はにかんで続けた。

「それが、いっちばん、うれしい」

心がずっしりと沈下していく。素直に自分を信じてくれる千早に対して、真実をさらけ出せない意気地《いくじ》のない自分。

太一は反射的に、ポケットに触れた。中には、金沢の大会で新から預かった携帯番号が書かれたメモ紙が入っている。今日こそ渡そうと思ってポケットに入れて持ってくるのだが、いざ千早の顔を見ると、いつも手が動かなくなった。

渡したら、千早はきっと、新に電話する。それが、いやで。

「じゃあ、また明日」

おう、と太一はあいまいにうなずいた。

千早が、くるりと踵をかえし、去っていく。その背中を見ていたら、どうしようもなく胸がざわついて、気づいたら口が勝手に動いた。

「千早！」

ん？　と、千早が振り返る。

……何を言おう。

ポケットに突っ込んだ手はメモ紙を握っている。

迷った末に太一の口から出たのは、月並みな言葉だった。うん、と千早がうなずく。

「……頑張ろうな」

「バイバイ」

去っていく千早を見送ると、太一はポケットから、しわになったメモ紙を取り出した。

はぁ、とため息が出る。また渡せなかった。

千早と別れ、太一は分梅神社の境内を、一人歩いていた。

拝殿の前で足を止める。賽銭箱《さいせんばこ》をはさんで二つ並んだ大きな提灯が、鈍く光を放っていた。

「最後の願掛けか？」

背後から声をかけられ、振り向くと、原田先生が立っていた。

「まさか。叶《かな》った例《ためし》がありませんから。日ごろの行いが悪いもんで」

いつだか原田先生にからかわれたことを思い出し、日ごろの行いのことを引き合いに出してみる。

ははは、と原田先生は豪快に笑った。

「いよいよ明日だな。私も応援に行くから」

境内は静かだった。原田先生と自分の二人だけ、に見える。でもきっと、姿は見えないけど神様がいて、自分たちの会話もすべて聞いているのだろう。

「……先生」

「うん？」

「『ちはやぶる』って神様のことなんですよね？」

ふむ、とうなずいて、原田は腕を組んだ。

「まあ、そうとも言えるな。『ちはやぶる』とくれば、必ずその後に『神様』が来る枕詞《まくらことば》だからな。『機動戦士』と来りゃあ『ガンダム』みたいなもんだな」

「その例え、どうなんですか……」

太一が突っ込む。

二人は顔を見合わせて、噴き出した。

その笑い声も、境内の砂利《じゃり》に吸い込まれるように引いて、しんと静かになる。

「なんで、そんなこと聞くんだ？」

原田先生の質問には答えず、太一は境内の敷石に目を落とした。

「俺、新に会いましたよ。こないだの大会で」

「メガネくんに？」

「あいつ、すごかった。本当に……」

太一は顔を上げ、提灯に照らされた拝殿を見つめた。

新はすごい、俺よりもずっと。その事実は変わらないし、神様だってきっと知っている。あがいたところで、きっと何も変わらない。

「それでハッキリ分かったんです。青春ぜんぶ懸けたって、俺はあいつに勝てないって」

「それは、かるたのこと？」

「それもあるけど……新は千早を、俺と二人のもんだって多分思ってる。それなのに俺……千早を追って瑞沢入って、かるた部作ったのだって、少しでも千早のそばにいたかっただけで、別にかるたが好きとかそういうんじゃ……」

他の人には決して言えないようなことでも、原田先生が相手だと素直に言葉が出てきた。

原田先生だって、かるたが好きなのに。

「すいません、かるたの先生にこんな……」

太一が恐縮すると、いや、と原田先生は首をふった。

「なんとなく気がついてたよ」

「そういう奴なんです、俺。出しぬいて、だまして、盗んで、隠して。今になって、こうしてお願いしたって、そんな奴に神様は……『ちはやぶる』は振り向いてくれませんよね」

鼻の奥がつんとした。

原田が、社殿をにらみながら、ふう、と短い深呼吸をする。

「まつげくん、『このたびは』って歌知ってるだろう。お供《そな》え物を用意できなくて、せめてもの代わりに紅葉を供えますから、あとのご判断は神様にお任せします、っていう歌」

「……このたびは、ぬさもとりあえず手向山《たむけやま》、もみじの錦《にしき》、神のまにまに」

太一は、ゆっくりと、暗唱した。

「神様だの運だのを語っていいのは、やれることを全部やった人間だけの特権なんじゃないかな」

そう言うと、原田先生は、太一の方に強い視線を向けた。

「青春全部懸けたって、勝てない？　まつげくん——懸けてから言いなさい」

どくん、と心臓が鳴る。

小学生の時のかるた大会で、新が札を払ったときの、あの乾いた音が耳の奥で響いた。

全国高等学校小倉百人一首かるた選手権大会東京都予選。

梅雨《つゆ》のはしりの時期なので心配していたが、からりとした晴天になった。

グラウンドには、選手たちが整列している。

「これが大江さんの入部条件……」

つぶやいて、太一は『呉服《ごふく》の大江《おおえ》』のパンフレットをぱらりとめくった。

モデルをつとめているのは、まさかの千早だ。色鮮やかな着物を着てカメラ目線で微笑んでいる。写真は動かないししゃべらないので、千早はいっぱしの大和撫子《やまとなでしこ》に見えた。

奏の入部条件は、二つあった。一つは、千早が呉服屋のパンフレットのモデルをつとめること。そして、もう一つは……。

「袴……」

「袴だ……」

他校の生徒たちが遠巻きにひそひそと噂しあうように、瑞沢かるた部の部員たちはみな、袴を着けて参加しているのだった。

ちなみに、瑞沢高校以外の生徒たちは、動きやすいTシャツにジャージ姿だ。

「すんげえ落ち着かないんですけど」

西田が、居心地悪そうにつぶやくが、奏は聞いちゃいない。

「みなさん、たいっへんお似合いです。思った通り！」

いそいそと楽しそうに、奏は他校の生徒にも「呉服の大江です！」とパンフレットを配っている。

やがて、開会式が始まる。

優勝旗返還の段になり、校名を呼ばれて進み出たのは、北央学園かるた部部長の須藤だった。隣で優勝カップを抱えているのは木梨だ。

「あの人……」

須藤の顔を見て、千早がつぶやいた。

「あー、千早をボコボコにした人？」

後ろに並んでいた太一にストレートなことを言われ、千早は「うるさい！」とふりかえってにらむ。

北央学園の生徒たちはみな、真っ赤なTシャツを着ていた。

「みんな強そう……」

ずらりと並んだ赤いシャツを目でなぞり、奏がつぶやく。

奏の後ろに並んだ西田は、去年優勝の北央学園と同じブロックになりたくないらしく「北央と当たりませんように、北央と当たりませんように」とぶつぶつ祈っている。駒野はよほど緊張しているらしく、唇を引き結んで押し黙っていた。

千早は軽い緊張感とともに、予選第一試合にのぞんだ。

瑞沢高校の相手は、緑色のTシャツをユニフォームにした中堅校だった。北央学園とはブロックが分かれたので、決勝まで当たらない。

試合の前に、十五分間、自陣の札を暗記する時間が取られる。ちなみに、この時間は必ずしも暗記にあてなければいけないわけではないので、集まって作戦会議をしているチームもあった。

「競技開始二分前です」

審判が告げると、選手たちがいっせいに素振りをして身体を温めはじめた。二分間はあっという間にすぎる。

「それでは第一回戦を始めます。読手は城守《しろもり》A級公認読手です」

選手たちは、まずは対戦相手に向かって「よろしくお願いします」と頭を下げ、続いて読手に向かって同じように一礼した。

読手が読み札を目の前に掲げ、序歌《じょか》を読み始める。

「なにわづに、さくやこのはな　ふゆごもり　いまをはるべと　さくやこのはな
——……」

読手の声が、消えていく。すると、他校の選手たちが一斉に声をあげた。

「栄光大《えいこうだい》、ファイト！」

「オゥ！」

千早たちの対戦チームも、かけ声を交わしあっている。

騒がしくなった会場は、読手が再び口を開く前に、静かになった。

部活動の大会でかるたをしたことがなかった千早は、この風習に少し驚いた。歌と歌の合間の余韻で、こんなふうに声援を交わしあうのか……と。一瞬気を取られたが、すぐに目の前の札に集中する。

千早の前に並んだ、自陣二十五枚、敵陣二十五枚の札。

「ちはやぶる」の下の句にあたる、「からくれなゐにみつくくるとは」の札は、敵陣の右隅にあった。

——待ってて。すぐに、迎えに行くからね。

心の中で、そう声をかける。「ちは」が読まれたら、すぐ取りに行く。そのイメージが、頭の中にはっきりとあった。

「いまをはるべと　さくやこのはな——みよ」

ダン！

決まり字が読まれると同時に、会場が揺れる。選手たちが一斉に畳をたたき、すべての選手のうち半数が札を手にする。

どんなに実力差があっても、かるたの勝負は一瞬ではつかない。

一枚ずつ札を自分のものにしていって、それがある枚数に達した時、ようやく勝負がつく。

「こぬひとを　まつほのうらの　ゆうなぎに――」

「ひさかたの　ひかりのどけき　はるのひに――」

「わびぬれば　いまはたおなじ　なにわなる――」

「あまつかぜ　くものかよいじ　ふきとじよ――」

「みせばやな　おじまのあまの　そでだにも――」

試合はじわじわと、着実に、進んでいく。

堅実に札をさばいていく太一、速さで圧倒する千早、気迫で押す西田。

未経験者の奏と駒野は相手選手に押され気味のようだったが、中盤になってペースをつかんだのか、奏は少しずつ自陣の札を取れるようになってきた。

「奏ちゃんナイス！」

「ありがとうございますっ」

奏が札を取るたび、千早は嬉しくて仕方がなかった。

やっぱりかるたは、一人でやるよりみんなでやった方が、ずっと楽しい。

一方、駒野は焦っていた。

──奏ちゃん、ナイス！

千早が、奏に声をかけるのが聞こえてきたからだ。これで、札が取れていないのは、自分だけだ。

「いまこんと　いいしばかりに　ながつきの──」

読手の声が、むなしく耳を通り過ぎていく。「いまこ」だから、取り札は「ありあけのつきをまちいてつるかな」。配置は自陣の右下。決まり字も下の句も配置もしっかり覚えているのに、身体がついていかない。アッと思った時には、相手の手がすでに札を押さえたあとだ。

まず勝利したのは、千早だった。

「瑞沢一勝！」

かけ声でチームメイトに勝利を知らせ、ぴょこんと立ち上がる。

続いて勝ち上がったのは、太一だ。

「瑞沢二勝！」

そして、西田が試合を終え、「瑞沢三勝！」と叫ぶ。

奏と駒野は負けてしまい、初戦の試合結果は三勝二敗となった。

団体戦はブロックごとの総当たり戦で行われる。同ブロックのすべてのチームと対戦し、勝ち点の合計で勝ち抜けるチームが決まるのだ。

「たのしー！　やっぱ団体戦って、ちょー楽しいね！」

奏の肩を抱き、飛び跳ねながら控え室に戻っていく千早の後姿を、駒野は疲れきった顔で見送りながら思った。

惨敗だ。ほとんど札を取れなかった。

試合で負けるのが、こんなに面白くないものだなんて、知らなかった。練習試合で千早や太一に負けるのとは、全然違う。

汗を拭いていると、太一がぽんと肩を叩いてきた。

「お前の当たった相手が一番強かった。気にすんな」

うん、とうなずいて返す。

気を遣われているのが、かえって惨《みじ》めだった。

開会式の時は晴れていたのに、二回戦が始まるころになって、だんだん天気が崩れてきた。

湿気が強くなり、よけいに息が詰まる。

二回戦になっても、駒野は札を取れなかった。

なすすべなく、差が開いていく。焦燥感にかられ、身体が思うように動かない。

「駒野……駒野!」

はっと気づくと、太一が自分に向かって、心配そうな視線を投げていた。どうやら、何度も呼ばれていたのに気づいていなかったらしい。

「一枚だ、一枚!」

と、励まされる。

「はいっ……」

うなずいて返すが、その一枚が難しいのだ。

あせればあせるほど、呼吸が乱れていく。

「ありがとうございました」

隣で千早が頭を下げ、駒野ははっとした。

もう、勝ったのか。

「おっしゃー！」

「よし！」

終盤になり、西田と太一も勝ちを決めた。

チームメイトが勝利したというのに、喜びよりも、焦りが先に来る。

三人が着々と勝っていくのに、自分はまだ、ろくに札も取れていない。

「なかながしよを　ひとりかもねん――うらみ」

取った！

札に触れ、ほっとしたのも束の間《つかま》。

「あっ」

相手の女子生徒は、別の札を払っている。間違えたのは、駒野の方。お手つきだ。

「ラッキー」

女子生徒が小さくつぶやく。

お手つきの分も含め二枚の札を送られて、相手の陣の札はゼロになった。

「ありがとうございました」

頭を下げあう。

こんな凡ミスで、勝負がついてしまった。

なにをやっているんだ――。駒野は下唇をかみしめた。口惜しくてたまらなかった。


三試合目で、初めて奏が勝った。

これで、一勝もあげていないのは、駒野だけになった。チームは勝ち進んでいるが、駒野は負け続けている。

後ろを、敗退が決まったチームの女子生徒が、泣きながら通りすぎた。友達に「来年あるでしょ!」などと慰められ、肩を抱かれている。

あの選手もきっと、自分よりは強いのだろう。

そう思うと、駒野はむなしい気持ちになった。

三勝二敗、三勝二敗、四勝一敗で瑞沢はリーグ戦を制し、決勝トーナメントへの進出を決めていた。

午前の試合を終え、昼休憩の時間。千早たちは、そろってランチを取った。

「初勝利おめでとう、奏ちゃん！」

「ありがとうございます！」

千早が奏と、テーブルの上でハイタッチを交わした。

「まあまあ。リーグ戦突破したはいいけど、次の冨原西高《とみはらにし》には、一人Ａ級の選手がいるみたいだぜ」

西田が言うと、千早が色めき立った。

「Ａ級の選手!?　あたし強い人とやりたいっ」

すかさず立ち上がって手を挙げた千早に、「だから–」と、西田が言い聞かせる。

「確実に勝ちに行くために、こっからはもっと並び順を考えないとダメだっての。ようは俺と綾瀬と真島が勝てばいいんだから、そのＡ級選手を机くんに当ててるように相手のオーダーを読んでさ……」

悪気のない西田の言葉に、駒野はびくりと肩を震わせた。

やっぱり、自分は、捨て駒か。

そんな考えが、頭をよぎる。

勝ち抜くためには正しい作戦だと、頭では分かっていても、気持ちが付いていかない。

「いや、でも……」

太一が言いかけて、ちらりと自分の方を見る。そんなふうに、半端に気にかけられるのも、煩《わずら》わしかった。

「間もなく準決勝を開始します。各高校、オーダー票を出して下さい！」

スタッフが控え室の入口から、選手たちに呼びかけた。

はーい、と選手たちが声をそろえる。西田が、急《せ》かすように、机の上のオーダー票をぱんと叩いた。

「こうすれば勝率も上がるだろ。これが団体戦の戦略ってやつだ。このレベルまで来たら、勝つために戦略を練るのは常識だぞ！」

西田が言っていることは正論だ。

分かっているからこそ、駒野は顔があげられなかった。

四回戦。

一人だけいるA級選手とやらは三番手に配置されており、西田の読みどおり駒野と当たった。

「よーし！　ドンピシャで読みが当たった！」

と、西田は嬉しそうだ。

試合が始まると、A級選手は、初心者の駒野を圧倒した。ここまでの差があると、もう自陣も敵陣も関係ない。駒野はあっという間に、八枚連続で札を奪われた。

「八連取！」

と、相手の男が得意げに声を上げる。

「おいおい、連取とまんねえな」

「楽勝、楽勝！」

相手校の選手たちは、あからさまに、駒野のことをバカにしているようだった。

「駒野、次は一緒にとるぞ！」

太一がそう声をかけてきたが、駒野は無視した。

――励ますくらいなら、初めからこんな捨て駒みたいな使い方するなよ。

駒野は内心で、そう吐き捨てる。

「いかにひさしき　ものとかはしる――ちはやぶる」

瑞沢高校かるた部の得意札が読まれた。

決まり字は「ちは」、取り札は「からくれなゐにみつくるとは」、配置は自陣左下段。

わかっていたが、もう、取りに行く気もなかった。

駒野が見守る目の前で、相手選手の腕が「ちはやぶる」の札をなぎ払っていく。

「『ちは』取ったよ」

「『ちは』取ったぞ！」

「こっちも抜きました」

千早たちの掛け声が聞こえてくる。

自分以外は全員、「ちはやぶる」の札を取ったらしい。

みんな、嬉しそうだ。心からかるたを楽しんでいるらしい。強い相手を自分に押し付けて。

これが自分の役回りか、と思うと駒野はたまらなく虚《むな》しかった。

はなから、誰も自分には期待などしていない。負けて当たり前だけど、いないよりマシ。その程度の存在だったのだ。

「九枚連取!!」

対戦相手が駒野の前でガッツポーズをし、嬉しそうに叫ぶ。

もう好きなだけ取れよ、という気持ちだった。

駒野はあっという間に惨敗したが、瑞沢高校は勝ち越した。

「どうだ、俺のオーダー読みは！　狙い、はまったなー！」

得意げに言う西田の脇を追い越して、駒野は控え室へと足早に向かった。

「次はいよいよ決勝ですね」

「ね！」

はしゃぎながら、千早たちが控え室に入ってくるころには、駒野は荷物をまとめ終わっていた。

「机くんの相手すごい強かったよね。ねえ、机くん」

「僕、帰るよ」

短く告げると、みんなの表情が、凍りついた。

「え？」

「三人勝てば良いんなら、勝ち星は十分に足りてるでしょ。テストだって近いし、本当はこんなことしてる場合じゃないんだ」

駒野は口早に言うと、呆気に取られている千早たちの横を、すり抜けた。

足早に、出口に向かう。

真っ先に追いかけてきたのは、千早だった。

「机くん！」

腕をつかまれて、駒野はとっさに振り払った。

「数合わせだったんだろ！」

気が付いたら、叫んでいた。

「机くんしかいないとか、調子のいいこと言っといて……本当は誰でも良かったんだ、僕じゃなくても」

　千早の瞳が、困惑に揺れる。

　追いかけてきた太一や奏、西田も、驚いてその場に立ち尽くした。

「そんなつもりで、言ったんじゃないよ。あたしは本気で机くんとかるたがやりたくて――」

「そうですよ、机くん……」

　と、奏がうなずく。

「……やんなきゃよかったよ、かるたなんて」

　声がよじれた。

　傷ついたような千早の顔を見たら、どうしたらいいのか分からなくなって、ますます言葉が止まらなくなった。

「前みたいに一人でいれば、こんな気持ちにならないですんだのに……。僕にはかるたの才能がないんだよ。きっとこの先も、役になんか立てない」

　短い沈黙のあと、太一がしぼりだすように声を発した。

「才能なんて、俺だってねーよ」

ふいをつかれた駒野はゆっくりと太一を見た。

真島でもこんな顔をするのか、と思った。こんな、余裕のない顔を。

「苦しいけどやってんだ。逃げたいけど、やってんだよ。そうすればいつか……越えられる気がするから」

太一の声は、震えていた。

頭の中がぐちゃぐちゃだ。涙がこぼれ、駒野は眼鏡をはずして目もとをぬぐった。

＊

太一が決勝の会場に足を踏み入れると、すでに室内の半分近くが、観客で埋まっていた。決勝戦は、和室ではなく、講堂で行われる。ホールの中央に畳を敷き、そこで試合をするのだ。

木梨が、北央の応援団に向かって頭を下げている。

「絶対勝ちますので、応援よろしくお願いします！」

応援団から、拍手が起こる。

北央は、強豪だけあって応援が多い。それだけに、選手たちのプレッシャーも大きそうだ。

決勝からは、瑞沢にも応援がいる。原田先生と宮内先生だ。決勝進出が決まったことを報告したら、駆け付けてくれたのだった。

決勝に出場する北央の選手五人は、試合前に円陣を組んで、気合を入れていた。

「俺たちは北央だ!!」

「おう!」

「俺たちは強い!!」

「おう!」

「全国決めるぞ!!」

「おう!!」

かけ声を聞いているだけでも、瑞沢にとってはプレッシャーになった。

全員が一丸となって、勝利に突き進もうとする雰囲気がある。それは、個人のスキルを上げることにばかり集中してきた瑞沢が、持っていないものだ。

「俺たちはきっと、個人戦の気持ちのまま団体戦をやってたんだ」

北央の様子を見やりながら、太一は、隣の千早に向かって言った。

「まだチームになりきれてないんだよ」

だから、駒野の気持ちを、汲《く》んでやりきれなかった。

――僕にはかるたの才能がないんだよ。きっとこの先も役になんか立てない。

突然堰《せき》を切ったように喚《わめ》いた駒野の気持ちが、太一には痛いほどよくわかった。

俺には、千早みたいに、生まれ持った耳の良さはない。かるた部に入ったのだって、かるたが好きだったわけじゃなく、千早と一緒ならなんでも良かっただけだ。

でも、たとえ、最初はそうだったとしても……かるたと真剣に向き合うって、決めた。どんなに苦しくても、

あきらめるのは青春全部懸けてからにするって、決めたんだ。

太一は、一人離れたところに立つ、駒野を見た。なんとか決勝に出ることは了承してくれたものの、駒野の目の底は、暗いままだ。

＊

千早は、胸につかえたものを抱えたまま、北央学園の選手たちと対峙した。結局、駒野とはぎくしゃくした雰囲気のまま、決勝に臨むことになってしまった。

「決勝戦のオーダーを発表いたします。瑞沢高校一番、西田優征くん」

「はい」

名前が呼ばれた順に、自分の対戦場所に座る。

「北央学園一番、甘糟那由太《あまかすなゆた》くん」

「はい」

甘糟はさっそく西田を威嚇《いかく》している。

「瑞沢高校2番、駒野勉くん」

駒野は返事をせず、押し黙ったまま、自分の席に座った。うつむいたきり、顔を上げようとしない。

相手は、宅間《たくま》という男子生徒だ。ひょうひょうとしていて、何を考えているのか分からない感じだ。

3番手は、太一。相手は木梨だ。

「瑞沢高校4番、綾瀬千早さん」

名前を呼ばれ、千早は「はい」と返事をして、座った。

千早の相手は、須藤。間違いなく、北央で一番強い選手だ。

最後に奏が名前を呼ばれ、席に着く。

「それでは札を並べてください」

審判に言われ、両チームは「よろしくお願いします」と頭を下げあった。

札を混ぜる千早をにらんで、須藤が言う。

「ちゃんと言えるようになった？『ごめんなさい』って」

やっぱり、変な人だ。

暗記時間が終わり、いよいよ、試合が始まる。

「決勝戦を始めます」

審判の合図で、一同は互いに頭を下げあい、それから読手に頭を下げた。

読手が序歌を読み始める。

「なにわづに　さくやこのはな　ふゆごもり――」

「北央五戦全勝でいくぞ!」

須藤が声を張り上げた。「おう!」とほかの四人がぴったり声をそろえる。

「いまをはるべと　さくやこのはな――」

今度は瑞沢が気合を入れる番だ。お昼休憩の間に、瑞沢もかけ声を決めていた。

まず太一が声をあげた。

「み!」

「ず!」

「さ!」

奏、西田の順で叫んだところで、途切れてしまった。

次は駒野の番だが、駒野は黙ったままだ。

千早はとっさに「わ!」と叫んだ。続いて、「ファイト――ッ!!」と気合を入れたが、駒野のことが気にかかり、声がひっくり返ってしまう。

それでも、太一と奏、西田の「おう!」という返事が聞こえてきて、いくらか安心した。

「いまをはるべと　さくやこのはな――たちわかれ」

二字決まりの札なので、「ち」で、一斉に札が払われた。

赤いTシャツが、五人全員立ち上がって札を取りに行くのを、千早は唖然として眺めた。

――北央五戦全勝でいくぞ！

試合前に須藤が叫んでいた言葉が、頭をよぎる。

「こっち抜きました、須藤さん」

「もちろん先取」

「ナイスです。須藤先輩」

「次も取りましょう！」

北央は、お互い声をかけ合い、励ましあっていた。試合慣れした雰囲気だ。

一枚目は、五人全員、北央に取られてしまった。

しかし、そのこと以上に千早が気にかかっているのは、駒野だ。

試合が始まってから、駒野は微動だにしてない。両手を握りしめ、座り込んだまま、構えさえ取らない。

「やえむぐら　しげれるやどの　さびしきに――」

「はるすぎて　なつきにけらし　しろたえの――」

「たまのおよ　たえなばたえね　ながらえば――」

駒野が動かない。

そのことで、瑞沢全体のペースが狂っていく。


読まれたのは空札なのに、奏はつい手を出して、札に触れてしまった。

「はい、チャンス！」

奏の試合相手が、声を上げる。あー、と原田先生が頭を抱えた。

「え？」

不思議そうな顔をした宮内先生に、「お手つきです」と教える。空札でお手つきをすると、相手から一枚送られるため、二枚も差が広がってしまうのだ。

「活《い》かして行くぞ！」

「ラッキー！　竜ケ崎《りゅうがざき》さんそのまま流れ乗っていきましょう！」

ど。

北央は流れに乗っている。対して瑞沢は、欠けた歯車を無理やり嚙み合わせているみたいに、ぎこちなかった。かるたに詳しくない宮内先生の目にも、明らかなほど。

「おう！」

「どうしたんでしょう、みんな」

怪訝そうに、原田先生にささやく。

「気持ちが負けてるな。それに……」

原田先生はうなるように言って、駒野を見やった。

駒野は正座したまま、動こうとしない。

観客も駒野の態度に「ねね、あの人何で取らないんだろ？」「動きもしないしね」「構えてもいないよね」などとざわついていた。

千早は試合に集中できず、駒野の方ばかり気にしていた。

机くん、動かない……。

余所見《よそみ》をしているのに気付かれ、須藤ににらまれる。

「あんた、さっきから、なめてんの？　周りばっか気にして」

千早は無言で、須藤を見つめ返した。

——気にするよ、チームだもん。

でも、チームならなおさら、もっと早く、机くんのことを気にかけなきゃいけなかったんだと、反省もする。試合には勝ちたいけど、どんな勝ち方でもいいわけじゃない。駒野があんなふうに思っているままだったら、勝ち進んでも意味がない。

誰でもいいわけじゃない、机くんと勝ちたい。

その気持ちを伝えられないことが、じれったかった。

畳の上のかるたへと、向き直る。読手の声に、集中しなおす。

「きょうをかぎりの　いのちともがな——もろともに」

「もろともに」。——この歌！

千早は腕をいきおいよく振り払った。

とらえた札は、「はなよりほかにしるひともなし」。

吹き飛んだ札は、駒野の頬にペチンとあたった。

畳の上に落ちたかるたを、駒野が無言で拾う。

*

その時、駒野が思い出したのは、昨晩、みんなでやった最後の練習のときのことだ。

「花よりほかに　知る人もなし」。

奏が、この歌は淋しい歌だって言ってた。山で修行する僧が、桜の木に向かって、独りぼっち同士仲良くしようって、そう語りかけた歌だって。

——あたしは、ちっとも淋しくないよ。

そう言ったのは、千早だった。

——あたしには強い絆の歌に聞こえるなあ。

かるた部に入ってから、一か月あまり。

千早に言われた言葉が、記憶の底から、湧き上がる。耳の奥に、千早の声が響く。

まったときのこと。

──机くんしかいない！

変なあだ名をつけられ、そんなふうに叫ばれて、つい合宿への参加を決めてしまったときのこと。

渋々参加した合宿は、ハードだったけど、同時に札を取る楽しさを知った。

かるたアプリを作ったときには、みんながすごく喜んでくれて、嬉しかった。

──あたしは本気で、机くんとかるたがやりたくて……。

登山のとき、すっと白い手を差し出してきてくれたのは、千早だった。

かるた部のみんなに背中を押され、頂上までかけのぼった。

楽しかった。仲間ができたと思った。初めて。

──あなたがいれば、あたしはがんばれる。

駒野は、手に持った札に、目を落とした。

もろともに　あはれと思へ　山桜　花よりほかに　知る人もなし

厳しい修行に耐える僧が詠んだ歌。山に一本だけ咲いていた桜に向かって、一人ぼっち同士、仲良くしようって呼びかけた。それは、孤独を分け合うためではなく、理解しあい、お互いを高めあうために。

——だから、もっともっと、深く関わり合いたいって。

駒野は、札を拾いに来た千早を見あげた。

千早はなにも言わない。ただ、訴えかけるように強いまなざしで駒野を見つめるだけだ。駒野が手に持った「はなよりほかにしるひともなし」の札を受け取ると、自席へと戻っていく。

ぽん、と誰かが駒野の肩に触れた。太一だ。

それから、西田も。

最後に奏が、優しく、触れるように手をのせ、戻っていく。

四人とも、「もろともに」の札を取ったのだ。

目玉がじんと熱くなって、駒野は、嗚咽を漏らした。止まらなくて、涙が胸の奥から、あとからあとからこみあげてくる。

かるたがしたい、と思った。この四人と一緒に。

千早は「もろともに」の札を、自分の取った札の山に重ねた。隣に座る太一に、声をかけられる。

「千早、もう大丈夫だ。俺たちを信じて、自由になれ」

――自由に。

千早は深呼吸して、湿気交じりの空気を吸った。

目をとじ、髪を耳にかける。集中して、音をとらえる。

外では、雨が降り出していた。

ずっと高いところから落ちてきた雨のしずくが、水たまりを叩く。

波紋が広がり、消えていく。そんな小さな音、ひとつひとつも、こぼさずに取り込む。札の呼吸を、聞くために。

雨が止《や》んだ。

窓の外から、日の光が差し込む。

千早はゆっくりと、目を開けた。

「瑞沢、ここからだ！」

太一がさけぶ。

「おうっ！」

千早と奏、それに西田の声がぴたりと重なった。

一拍遅れて、

「……おう」

駒野が、後に続いた。

四人が、はっと駒野の方を見る。駒野は、ばつが悪そうにふっと目を逸《そ》らしたが、眼鏡をかけなおすと、今度はまっすぐに顔を上げた。全員と順番に目を合わせる。

奏が、とろっと微笑んだ。西田もニヤリと笑う。太一も、ほっと安堵したように目を細めた。

読み手の声が響く。

「はなよりほかに　しるひともなし――うかりける」

うっかりハゲ！

「はげしかれとはいのらぬものを」の札に、吸いつけられたように意識が貼りつく。

千早は、須藤が反応するより早く、札をなぎ払った。

奏と太一、西田も、立ちあがり、札を取りに行く。

自分だけじゃなくて、みんなも取った。そのことが、嬉しかった。

「よっしゃ！　ナイス西田！」

「うぇい！」

太一と西田が、ハイタッチを交わす。

駒野は……？

全員で振り返る。それを待っていたかのように、駒野が小さく札を見せた。

駒野も、取ったのだ。五人全員、うっかりハゲを守りきった。

やっぱり、チームで戦うのって、最高に楽しい！

千早は、胸の奥がたまらなく熱くなった。


瑞沢に、流れが来た。

序盤では、立ち上がって札を取りに行くのが赤いTシャツばかりだったが、徐々に、瑞沢の選手が多くなってきた。

「たごのうらに　うちいでてみれば　しろたえの――」

試合中盤で読まれた富士山の歌を取ったのは、西田と太一、そして奏だ。

得意札を取れた奏は嬉しそうに、太一に見せた。

「『たごのうら』、取りました！」

「いぇいっ！」

ハイタッチを交わして、お互いに励ましあう。

瑞沢の動きは目に見えて良くなってきていたが、北央学園も、そうそう易々《やすやす》と追い上げられはしない。

「北央集中！」

「おう！」

須藤の喝《かつ》で、北央側も気合を入れなおす。

試合半ばで、まず駒野が負けてしまった。

「北央一勝！」

相手選手の宅間が、天を仰いで叫ぶ。

それからすぐ、奏も、自陣の札を全てなくした。

「北央二勝！」

「ナイス！」

「北央あと一勝で優勝！」

北央側が、勢いづく。

これで瑞沢はあとがなくなった。千早、太一、西田。誰が負けても、敗退が決まる。

「三勝だ……三勝するぞ、みんな！」

太一にけしかけられ、千早と西田は「おう！」と声をそろえた。

試合が進むにつれ、情報の整理がややこしくなってくる。

百首のうち、もう読まれたのはどの札で、まだ読まれていないのはどの札か。たえず意識しながら、自陣と敵陣の配置にも気を配りつつ、聴覚を研ぎ澄まさなければならない。非常に消耗するが、集中力が切れたらおしまいだ。勝敗は、一枚ずつの積み重ねで決まる。

千早は速さを生かして、序盤につけられた枚数差をどんどん追い上げていった。

太一も粘っている。腕の長さを生かし、敵陣まで果敢に切り込む。

そして――。

「とったあ――――っ！」

札をはらった勢いを殺しきれず、身体ごとごろんと畳の上にひっくり返った西田が、天を仰いで吠《ほ》えた。

「とったぞ！　瑞沢一勝！」

北央から、初めて瑞沢が勝利をもぎとった。

「ナイスファイト、肉まんくん！」「よっしゃ！」と、みんながかけ声を交わし合う。

序盤優勢だった北央が、明らかに押され始めていた。

須藤の表情から、余裕が消えていく。

焦りが、須藤の集中力を乱したのか、それから千早の連取が続いた。

千早は誰よりも、動き始めが早い。

「千早ちゃんの耳はもう、あの読手の癖をとらえ始めた」

原田先生が得意げに、宮内先生に耳打ちする。

千早の〝感じ〟が良くなっているのは、はた目にも見て取れた。

「これやこの――」

ザッ！

決まり字「これ」に反応した千早が、須藤よりも早く、札をはじいた。

これで、須藤と千早の手もとの札は、どちらも五枚。


「追いついた！」

千早は短く叫んで、ガッツポーズを決めた。

須藤の速さが落ちているのに比べ、千早のスピードは上がってきている。

読手の声が、耳になじみ始めたからだ。音になる前の、空気の震える気配が、鋭敏に感じられるようになってきた。

音が近づいてきたような感覚。

でも、まだ足りない。

もっともっと、近くに来て欲しい。

一進一退の攻防が続き、やがて、須藤の陣に残った札は残り一枚、「こころあてに」の札のみとなった。決まり字は「こころあ」。まだ、「こころにも」が読まれていないので、お手つきに注意しなければならない。

「行け！　綾瀬!!」

駒野が叫んだ。

「なこそながれて　なおきこえけれ――こ」

読手が口を開く。「こ」が読まれると同時に、須藤は得意の囲い手で、いったん札を守る。

「ころ」

――「こころあ」が来る！

千早はそう確信した。

四文字目の「あ」は、まだ音としてこの世に生まれてはいない。でも、音になる前のかすかな空気の震えが読手の唇から発されたのを、千早は確かに感じ取った。

腕を払った。須藤の囲い手のわずかな隙間をねらって、強引に取りに行く。

須藤はまだ、「こころ」までしか聞けていない。確信がなく、囲い手を伏せられない。

千早の指が、囲い手の中にねじ入って、札をはじいた。
「あてに——」
はじかれた札が、畳の上をすべって止まる。
観客がどよめいた。
千早は「こころあてに」の札を拾うと、自陣に残った最後の一枚を、須藤へと送った。
これで、千早の陣の札がゼロになった。
瑞沢の二勝目が、確定した瞬間だ。
勝ったんだ——。
千早は、札のなくなった自陣の畳をじっと見つめ、荒い息を整えた。
途中から、勝ちたいという思いすら頭から消えて、真っ白になっていた。
かるたが取りたい。
誰より早く、札を払いたい。
その思いだけで、動いていた気がする。
楽しかった。音をとらえて、札を払う。その一回一回が、たまらなく気持ちよかった。取れなくても、すぐに次があって、今度こそ負けないって思うたび、どんどん沈み込んでいける。

あたし、かるたが大好きだ。

ふと横を見ると、奏と目が合った。労《ねぎら》うように、にっこりと微笑まれる。西田と駒野も、千早の勝利を自分のことのように嬉しそうにしている。

そっか。

この一勝は、私だけの一勝じゃなくて、チームの一勝なんだ……。

そう思ったら、胸の奥に、じんわりと誇らしさが広がった。

ひとりでかるたをやっていたときは、一勝はただの一勝だった。でも今は、みんながいる。私だけの勝利じゃなくて、チームの勝利だ。

――瑞沢二勝。

「……ありがとうございました」

須藤が唇を噛みながら、頭を下げた。

心地の良い疲労感に包まれながら、千早も頭を下げ返す。

試合の間中ずっと緊張していた反動か、なんだか頭の中がふわふわした。

こつん、とひたいを畳に押し付けると、すうっと、意識が遠くなっていく。

新の顔が、頭に浮かんだ。

新。

見て、新。これがあたしの、仲間だよ。

新があたしに、かるたの楽しさを教えてくれたから、ここまで来られたんだよ。

絶対、絶対優勝するから。太一もきっと勝つから。

だから、近江神宮に、会いに来て――。

*

須藤は苦々しい気持ちで、千早をにらみつけた。

この女、「こころ」まで聞いて、飛び出してきやがった。まだあの時点では「こころあてに」か「こころにも」かわからないはずなのに。

カンでヤマを張って取りにくるなんて、そんなの、かるたとは言えない。

「まだ空札があんのに、雑なかるたとりやがって……」

嫌味を吐いて、千早の方を見る。すると千早が、ごろんと床の上に倒れた。

その顔は血の気を失い、白目を剥いている。

「ひぃ、死んでるっ！」

須藤が悲鳴をあげた。

死んだ！　かるたのやりすぎで！

＊

「え？　大丈夫？」

「死んでるって、何？」

観客たちがざわめきだすなか、原田先生は冷静に、「大丈夫です。寝てるだけです」と宮内先生に告げた。

「それよりあっちが……」

視線を、まだ試合中の太一に移す。

太一と木梨が、緊迫して向き合っていた。お互い、残り一枚になっている。

「あそこ、運命戦だね」

「ほんとだ、運命戦だ」

観客たちが、口々にささやきあう。

「運命戦？」

宮内先生が、首を傾げた。

「そうです」

原田先生は、苦々しげにうなずいた。

よりによって、太一が運命戦になるとは。

「わたしは、運命戦でまつげくんの札が読まれるところを、一度も見たことがない」

会場の不穏な空気を察したのか、千早も珍しく、自分から目を覚ました。

太一は、疲弊した頭を必死に働かせ、考えていた。

俺が持っているのは、「このたびは」。決まり字は「この」。

相手の札は、なんの因果か、よりにもよって「ちはやぶる」。決まり字は「ちは」。

俺も相手も、どちらも利き手に近い右下に札を配置している。

まだ読まれてない空札は六枚ある。

「ちぎりおきし」が出たらお手つきに注意。逆に言えば、「ちぎりおきし」を「ちはやぶる」と間違えて相手がお手つきでもしてくれたらラッキーなのだが、木梨はそう簡単にミスをしてくれる相手じゃない。

読手は、無表情に、淡々と歌を読んでいく。

「おきまどわせる　しらぎくのはな――こ」

太一と木梨が、同時に、自陣の札を囲い手で守る。

「ころにも」

空札だ。太一は囲い手をくずした。

「こ」が読まれた瞬間は、「このたびは」が読まれることを期待したのだが、違った。

「木梨、集中な！」

須藤の檄が飛ぶ。今や会場中の注目が、太一と木梨の手元に集まっていた。

太一は、自陣に残った「このたびは」の札を見つめて、祈った。

神様、お願いだ。

もう一生運が悪くていい。

だから今……、今だけ、この一回だけ！

「こいしかるべき　よわのつきかな――」

来い、来い、来い！

「いにしえの――」

――空札！

太一と木梨は同時に息をついて、囲い手を崩した。

空札が続いている。いつ、「ちは」か「この」、どちらかが来てもおかしくない。

頼む。「ちはやぶる」は、来るな。「この」が来てくれ。

太一は、自分にたった一枚残された、「このたびは」の札を、まばたきもせずじっと見つめた。

このたびは　ぬさもとりあへず　手向山　もみぢの錦　神のまにまに

神社で、原田先生が言っていた歌だ。お供え物を用意できなくて、せめてもの代わりに紅葉を供えますから、あとのご判断は神様にお任せします、という意味の。運命戦の局面でこの歌を自分にあてがうなんて、かるたの神様は皮肉だ。まさに歌われている通り、神頼みでもするしかない。

――神様だの運だのを語っていいのは、やれることを全部やった人間だけの特権なんじゃないかな。

原田先生の声が、頭の中に蘇って、ふと疑問に思う。

今、自分にできることは……本当に祈ることだけなのだろうか。

「……違う」

太一は小さくつぶやくと、「失礼します」と立ち上がり、深呼吸をした。

胸の中の酸素が入れ替わる。

気持ちがほぐれ、凝《こ》り固まっていた思考がほどけていく。

――来いとか来るなとか、そういう話じゃない。

なにが来ても、取りに行くんだ。

運命を、ねじふせる。自分の力で。

「失礼しました」

太一は背筋をピンと伸ばして正座した。

居住まいを正したかと思うと、ダンと畳を叩いた。続けて、二度、三度。

札を取りに行く。そのイメージを、何度も頭の中に叩き込む。

「素振りをしない真島が……」

駒野が呆然とつぶやいた。

「敵陣を抜く気だ……！」

「そうだ。来ないと分かっているなら――取りに行け！」

西田と原田先生の声が聞こえてくる。

木梨の自陣にある、「ちは」の札。「からくれなゐにみつくくるとは」を、太一は凝視した。

取る。取る。「ちは」を取る！

「きょうここのえに　においぬるかな――」

読手が次の札を読み始める。

太一は神経を研ぎ澄ませた。

泥のような静寂の中に、ずぶりと沈んでいく。すべての感覚を、読手の声に、集中させる。

読手の口から、空気が漏れる。閉じた歯の向こう側から、上顎《うわあご》に触れた舌を震わせることで発される「ch」の音。

「ち」だ――！

太一が、木梨の「ちはやぶる」に向かって、手を伸ばした。

囲い手で札を守っていた木梨が、太一の気迫に押され、びくりと手を震わせる。

読手の声が響いた。

「ちぎりおきし――」

「ちはやぶる」じゃない！　また、空札……。

会場中の目が、木梨の手元に吸い寄せられる。

木梨が、手を引くと、引きずられて札が動いた。

「お手つき……」

奏がつぶやく。木梨は、囲い手を伏せて、札に触れてしまったのだ。

太一の気迫に、負けて。

木梨がうめいて、嗚咽を漏らした。

決着がついた。

太一が、運命戦を制したのだ。


「ありがとうございました」

太一と木梨が、頭を下げあう。

熱気に包まれた会場は心からの拍手を二人に送った。

勝ったんだ……！

太一は片腕を振りあげて、チームメイトたちの方を振り返った。

瑞沢三勝。いや。

「瑞沢優勝――!!」

言い終わる前に、涙でぐっしゃぐしゃになった顔の千早が飛びついてきた。

「太一ぃー！」

「真島！」

「部長！」

奏や駒野、西田も駆け寄ってくる。

「楽しかったね太一！　すっごい楽しかったね！」

泣き笑いの顔ですがりついてくる千早を見たら、不覚にも太一まで泣きそうにな
った。

千年前、在原業平が詠んだ激しい恋の歌。

でも今の俺には、「ちは」しか見えない。

坪口さんが言っていたっけ。俺は「ちはやぶる」にこだわりすぎだって。

そりゃ、こだわるだろ。俺が、かるたを始めた理由なんだから。

閉会式を終え、会場の外に出た太一は、雨上がりの空を見上げた。
袴から制服に着替えたので、締め付けられていた身体が解放されたせいか、ふっ
と緩んだ気持ちになる。

前を歩く千早は、誇らしげに優勝旗を掲げていた。西田や宮内先生と一緒に、かっこよく見える持ち方を、ああでもないこうでもないと研究している。

北央学園以外の学校が優勝旗を持ち帰るのは、十年ぶりらしい。

——優勝、したのか。俺たちが。

試合が終わった今は、どこかまだ実感がわかない。

ポケットに手を突っ込むと、くしゃりとやわらかな感触が指先に触れた。

「千早！」

太一は、千早を呼び止めていた。

振り返った千早に、メモ紙を差し出す。ずっとためらっていたのが嘘のように、自然に渡せた。

メモ紙を受け取った千早が、不思議そうな顔をする。

「これ、新の携帯番号」

そう言うと、千早の目が、一気に丸くなった。

「え?!」

「この間の大会で会ったんだよ」

「新に?!」

「あぁ。報告してやれよ、お前の口から」

うん！　とうなずいたときには、もう番号を押している。

千早は、嬉しさを隠さなかった。その笑顔を見ていると、嫉妬に似た複雑な気持ちが、どうしても湧き上がってしまう。だけど、そんな自分も、今は受け入れられた。かなわないと決めつけて、眼鏡を隠したりなんかするのは、もうやめたのだ。

「新ーっ！」

新が電話に出たらしい。千早がうれしそうに飛び跳ねた。

「あたしたち……勝ったよ！　優勝したんだよ新！　行くよ、全国大会に！」

満面に笑みを浮かべて話しこむ千早を、太一は少し離れて見守った。

「ねえ、太一からも何か言って！」

千早がスマホを持って駆け寄ってくる。

「え？」

「はい！」

スマホを押し付けられ、太一はいきおい、受け取った。

宮内先生が来て、千早に声をかける。

「今からね美味《おい》しいもの食べに行こうと思うんだけど。なに食べる？」

「本当ですか！　なに食べよう！　なに食べる？」

大喜びで、千早はみんなのもとに駆けていく。

残された太一は、少し緊張して、スマホを耳にあてた。

「……新？」

「うん？」

「……俺、お前に言わなくちゃいけないことがあるんだ」

「なんや？」

新の声は、穏やかだった。太一は、深呼吸すると、ひといきに言った。

「あの時、メガネ隠したの俺なんだ」

短い沈黙のあと、「あの時って、あの時？」と新が聞く。

「うん。俺が取った」

「ほうか。おめえ、卑怯《ひきょう》な奴やの」

ごく普通の口調で言われて、なんだか拍子抜けしてしまった。

「お前にボロ負けするところ、見られたくなかったんだ。嫌われたくなかった、千早にだけは」

「ああ、ほれならちょっと気持ちわかるわ」

「新」

ん、と電話の向こうで新が相づちを打つ。

「俺は、今でも、千早に嫌われたくないと思ってる。好きなんだ」

太一は前を見つめて言った。

千早が、奏とじゃれ合っている。弾けんばかりの笑顔がやけにまぶしい。

「……だから俺、いつかお前を倒す。かるたでお前を超えてみせる」

ようやく口にすることができた。

太一は言ってから小さく息を吐く。

「太一――」

新の静かな声が耳に響いた。

新は俺の挑戦に何と応えるだろう。

「俺は、もう、かるたはやらん」

「――え？」

「かるたはやらん」

唐突に電話が切れた。

（『小説　ちはやふる　下の句』につづく）

本書は、映画「ちはやふる　上の句」（原作・末次由紀　脚本・小泉徳宏）を原案として、著者が書き下ろした小説です。

|著者| 有沢ゆう希　1988年、静岡県生まれ。早稲田大学文学部卒業。出版社勤務を経て、現在は作家、英日・独日の翻訳家として活動中。主な著書に『恋と嘘 映画ノベライズ』など。

|原作| 末次由紀　福岡県生まれ。1992年『太陽のロマンス』でなかよし新人まんが賞佳作を受賞してデビュー。2008年より「BE・LOVE」で連載を開始した『ちはやふる』で、2011年に第35回講談社漫画賞少女部門を受賞。

小説《しょうせつ》　ちはやふる　上《かみ》の句《く》

有沢《ありさわ》ゆう希《き》｜原作　末次由紀《すえつぐゆき》

© Yuki Arisawa 2018　© Yuki Suetsugu 2018
© 2018 映画「ちはやふる」製作委員会

講談社文庫

定価はカバーに
表示してあります

2018年1月16日第1刷発行

発行者——鈴木　哲
発行所——株式会社　講談社
東京都文京区音羽2-12-21　〒112-8001
電話　出版（03）5395-3510
　　　販売（03）5395-5817
　　　業務（03）5395-3615

デザイン—菊地信義
本文データ制作—講談社デジタル製作
印刷———株式会社廣済堂
製本———株式会社若林製本工場

Printed in Japan

落丁本・乱丁本は購入書店名を明記のうえ、小社業務あてにお送りください。送料は小社負担にてお取替えします。なお、この本の内容についてのお問い合わせは講談社文庫あてにお願いいたします。

本書のコピー、スキャン、デジタル化等の無断複製は著作権法上での例外を除き禁じられています。本書を代行業者等の第三者に依頼してスキャンやデジタル化することはたとえ個人や家庭内の利用でも著作権法違反です。

ISBN978-4-06-293842-6

講談社文庫刊行の辞

二十一世紀の到来を目睫に望みながら、われわれはいま、人類史上かつて例を見ない巨大な転換期をむかえようとしている。

世界も、日本も、激動の予兆に対する期待とおののきを内に蔵して、未知の時代に歩み入ろうとしている。このときにあたり、創業の人野間清治の「ナショナル・エデュケイター」への志を現代に甦らせようと意図して、われわれはここに古今の文芸作品はいうまでもなく、ひろく人文・社会・自然の諸科学から東西の名著を網羅する、新しい綜合文庫の発刊を決意した。

激動の転換期はまた断絶の時代である。われわれは戦後二十五年間の出版文化のありかたへの深い反省をこめて、この断絶の時代にあえて人間的な持続を求めようとする。いたずらに浮薄な商業主義のあだ花を追い求めることなく、長期にわたって良書に生命をあたえようとつとめるところにしか、今後の出版文化の真の繁栄はあり得ないと信じるからである。

同時にわれわれはこの綜合文庫の刊行を通じて、人文・社会・自然の諸科学が、結局人間の学にほかならないことを立証しようと願っている。かつて知識とは、「汝自身を知る」ことにつきていた。現代社会の瑣末な情報の氾濫のなかから、力強い知識の源泉を掘り起し、技術文明のただなかに、生きた人間の姿を復活させること。それこそわれわれの切なる希求である。

われわれは権威に盲従せず、俗流に媚びることなく、渾然一体となって日本の「草の根」をかたちづくる若く新しい世代の人々に、心をこめてこの新しい綜合文庫をおくり届けたい。それは知識の泉であるとともに感受性のふるさとであり、もっとも有機的に組織され、社会に開かれた万人のための大学をめざしている。大方の支援と協力を衷心より切望してやまない。

一九七一年七月

野間省一

講談社文庫 最新刊

堂場瞬一
Killers (上)(下)
半世紀前からの連続殺人。渋谷に潜む殺人者《Killers》。なぜ殺すのかという問いを正面から描く巨編。

瀬戸内寂聴
死に支度
毎日が死に支度――そう思い定めて、卒寿を機に綴《つづ》りはじめた愛と感動の傑作長編小説。

有沢ゆう希
末次由紀 原作
〈小説〉ちはやふる 上の句
強くなる、青春ぜんぶ懸けて。競技かるたで全国大会に挑む若者たちの一途な情熱の物語。

〈小説〉ちはやふる 下の句
君がいるから、この先に進める。かるたは一対一の戦いじゃない。みんなで挑むものだから。

佐藤雅美
悪足掻《あが》きの跡始末 厄介弥三郎
厄介と呼ばれた旗本の次男・弥三郎が自由を求めて家を出る。その波瀾万丈の凄絶な人生。

下村敦史
叛《はん》徒《と》
犯人は息子？　通訳捜査官の七崎は孤独な捜査を始めるが……。正義のあり方を問う警察小説。

藤沢周平
喜多川歌麿女絵草紙
愛妻を喪《な》くした人気絵師とモデルとなった女たちの哀切を描いた、藤沢文学初期の傑作！

呉《ご》勝《かつ》浩《ひろ》
ロスト
身代金の要求額は一億円、輸送役は百人の警官。乱歩賞作家が描く王道誘拐ミステリー。

高橋克彦
風の陣 一 立志篇
蝦夷《えみし》の運命を託された若者たちの命がけの戦いを描く、壮大な歴史ロマン、ここに開幕！

講談社文庫 最新刊

山本周五郎
さぶ
〈山本周五郎コレクション〉
生きることは苦しみか、希望か。市井《しせい》にあり、人間の本質を見つめ続けた作家の代表作。

後藤正治
天人
〈深代惇郎と新聞の時代〉
新聞史上最高のコラムニストと評される深代《ふかしろ》惇郎《じゅんろう》。「天声人語」に懸けた男の生涯を描く。

柴崎友香
パノララ
同じ一日が二度繰り返されるとしたら……芥川賞作家が描く、未体験パノラマワールド！

西村賢太
夢魔去りぬ
三十余年ぶりに生育の町を訪れた〝私〟。過去との再会と決別を描く表題作含む6篇を収録。

平岩弓枝
新装版 **はやぶさ新八御用帳㈥**
〈春月の雛〉
人形師・春月の雛《ひな》を抱え、二人の女が自死した。恋に迷う男女を描く表題作を含む8篇。

蒼井凜花
女唇《ルージュ》の伝言
ひそやかに大胆に。女性たちがセキララ体験を綴るサイト「女唇《ルージュ》の伝言」。あなたもご一緒に。

倉阪鬼一郎
決戦、武甲山
〈大江戸秘脚便〉
山海上人《さんかいしょうにん》を倒せ。江戸の平穏は、飛脚問屋の若き飛脚たちの健脚にかかる。〈文庫書下ろし〉

服部真澄
クラウド・ナイン
全データ消失。その〝事故〟に地球は耐えうるか。情報社会の戦慄を描く傑作インテリジェンス小説。

本格ミステリ作家クラブ・編
子ども狼ゼミナール
〈本格短編ベスト・セレクション〉
作家・評論家が選んだ永遠のザ・ベスト10！最強のコスパ。買わない理由がどこにある！

講談社文芸文庫

秋山 駿

小林秀雄と中原中也

全人格的な影響を受けた中原中也の特異な生の在り様を「内部の人間」と名付け、小林秀雄の戦後の歩みに知性の運動に終わらぬ人間探究の軌跡を見出す、著者の出発点。

解説＝井口時男　年譜＝著者他

あD4

978-4-06-290369-1

講談社文芸文庫
ワイド

不朽の名作を一回り
大きい活字と判型で

柄谷行人

意味という病

人間の内部という自然を視ようとした劇作家の眼を信じた「マクベス論」の衝撃。今日まで圧倒的影響を及ぼす批評家の強靱な思索の数々。

解説＝絓秀実　作家案内＝曾根博義

（ワ）かA1

978-4-06-295515-7

講談社文庫　目録

赤川次郎　三姉妹、ふしぎな旅日記〈三姉妹探偵団20〉
赤川次郎　三姉妹、清く貧しく美しく〈三姉妹探偵団21〉
赤川次郎　三姉妹と忘れじの面影〈三姉妹探偵団22〉
赤川次郎　三姉妹、舞踏会への招待〈三姉妹探偵団23〉
赤川次郎　三人姉妹殺人事件〈三姉妹探偵団24〉
赤川次郎　沈める鐘の殺人
赤川次郎　静かな町の夕暮に
赤川次郎　ぼくが恋した吸血鬼
赤川次郎　秘書室に空席なし
赤川次郎　我が愛しのファウスト
赤川次郎　手首の問題
赤川次郎　おやすみ、夢なき子
赤川次郎　二重奏《デュオ》
赤川次郎　メリー・ウィドウ・ワルツ
赤川次郎ほか　二十四粒の宝石〈超短編小説傑作集〉
赤川次郎・横田順彌　二人だけの競奏曲
新井素子　グリーン・レクイエム
安土敏　小説スーパーマーケット(上)(下)
安土敏　償却済社員、頑張る

阿井景子　真田幸村の妻
浅野健一　新・犯罪報道の犯罪
安能務 訳　封神演義 全三冊
安部譲二　絶滅危惧種の遺言
綾辻行人　緋色の囁き
綾辻行人　暗闇の囁き
綾辻行人　黄昏の囁き
綾辻行人　殺人方程式〈切断された死体の問題〉
綾辻行人　鳴風荘事件 殺人方程式II
綾辻行人　十角館の殺人〈新装改訂版〉
綾辻行人　水車館の殺人〈新装改訂版〉
綾辻行人　迷路館の殺人〈新装改訂版〉
綾辻行人　人形館の殺人〈新装改訂版〉
綾辻行人　時計館の殺人〈新装改訂版〉(上)(下)
綾辻行人　黒猫館の殺人〈新装改訂版〉
綾辻行人　暗黒館の殺人 全四冊
綾辻行人　びっくり館の殺人
綾辻行人　奇面館の殺人(上)(下)
綾辻行人　どんどん橋、落ちた〈新装改訂版〉

阿井渉介　荒南風《あらはえ》
阿井渉介　うなぎ丸の航海
阿井渉介　生首岬の殺人〈警視庁捜査一課事件簿〉
阿井渉介・阿部牧郎他　薄灯かり〈官能時代小説アンソロジー〉
阿井文瓶　伏龍〈海底の少年特攻兵〉
我孫子武丸　0の殺人
我孫子武丸　人形はこたつで推理する
我孫子武丸　人形は遠足で推理する
我孫子武丸　人形はライブハウスで推理する
我孫子武丸　新装版 8の殺人
我孫子武丸　眠り姫とバンパイア
我孫子武丸　狼と兎のゲーム
我孫子武丸　新装版 殺戮にいたる病
有栖川有栖　ロシア紅茶の謎
有栖川有栖　スウェーデン館の謎
有栖川有栖　ブラジル蝶の謎
有栖川有栖　英国庭園の謎
有栖川有栖　ペルシャ猫の謎
有栖川有栖　幻想運河

講談社文庫　目録

有栖川有栖　幽霊刑事《デカ》
有栖川有栖　マレー鉄道の謎
有栖川有栖　スイス時計の謎
有栖川有栖　モロッコ水晶の謎
有栖川有栖　新装版 マジックミラー
有栖川有栖　新装版 46番目の密室
有栖川有栖　虹果て村の秘密
有栖川有栖　闇の喇叭《らっぱ》
有栖川有栖　真夜中の探偵
有栖川有栖　論理爆弾
有栖川有栖　名探偵傑作短篇集 火村英生篇
有栖川有栖／篠田真由美／二階堂黎人／法月綸太郎　「Y」の悲劇
有栖川有栖／恩田陸／加納朋子／貫井徳郎／法月綸太郎　「ABC」殺人事件
姉小路祐　刑事長《デカチョウ》
姉小路祐　刑事長《デカチョウ》四の告発
姉小路祐　署長刑事《デカ》〈大阪中央署人情捜査録〉
姉小路祐　署長刑事《デカ》時効廃止
姉小路祐　署長刑事《デカ》指名手配
姉小路祐　署長刑事《デカ》徹底抗戦

姉小路祐　監察特任刑事《デカ》
姉小路祐　影のクロス〈監察特任刑事《デカ》〉
秋元康　伝染歌
浅田次郎　日輪の遺産
浅田次郎　勇気凜凜ルリの色
浅田次郎　四十肩と恋愛 勇気凜凜ルリの色
浅田次郎　地下鉄《メトロ》に乗って
浅田次郎　霞町物語
浅田次郎　勇気凜凜ルリの色 福音について
浅田次郎　勇気凜凜ルリの色 満天の星
浅田次郎　ひとは情熱がなければ生きていけない〈勇気凜凜ルリの色〉
浅田次郎　シェエラザード(上)(下)
浅田次郎　歩兵の本領
浅田次郎　蒼穹の昴 全四巻
浅田次郎　珍妃の井戸
浅田次郎　中原の虹 全四巻
浅田次郎　マンチュリアン・リポート
浅田次郎　天国までの百マイル
浅田次郎原作／ながやす巧漫画　鉄道員《ぽっぽや》／ラブ・レター

青木玉　小石川の家
青木玉　底のない袋
青木玉　記憶の中の幸田一族〈青木玉対談集〉
阿部和重　アメリカの夜
阿部和重　グランド・フィナーレ
阿部和重　A B C〈阿部和重初期作品集〉
阿部和重　ミステリアスセッティング
阿部和重　IP／NN 阿部和重傑作集
阿部和重　シンセミア(上)(下)
阿部和重　ピストルズ(上)(下)
阿部和重　クエーサーと13番目の柱
阿川佐和子　マチルデの肖像〈恋する音楽小説2〉
麻生幾　加筆完全版 宣戦布告(上)(下)
麻生幾　奪還
赤坂真理　ヴァイブレータ 新装版
安野モヨコ　美人画報
安野モヨコ　美人画報ハイパー
安野モヨコ　美人画報ワンダー
有吉玉青　恋するフェルメール〈37作品への旅〉

講談社文庫　目録

講談社文庫　目録

2017年12月15日現在